Bi

Hielo en el alma

Sharon Kendrick

FINNEY COUNTY PUBLIC LIBRARY
605 E. Walnut
Garden City, KS 67846

Editado por HARLEQUIN IBÉRICA, S.A.
Núñez de Balboa, 56
28001 Madrid

HIELO EN EL ALMA, N.º 2087 - 6.7.11
Título original: Too Proud to Be Bought
Publicada originalmente por Mills & Boon®, Ltd., Londres.

I.S.B.N.: 978-84-9000-224-7
Depósito legal: B-19798-2011
Editor responsable: Luis Pugni
Preimpresión y fotomecánica: M.T. Color & Diseño, S.L.
C/ Colquide, 6 portal 2 - 3º H. 28230 Las Rozas (Madrid)
Impresión en Black print CPI (Barcelona)
Fecha impresion para Argentina: 2.1.12
Distribuidor exclusivo para España: LOGISTA
Distribuidor para México: CODIPLYRSA
Distribuidores para Argentina: interior, BERTRAN, S.A.C. Vélez Sársfield, 1950. Cap. Fed./ Buenos Aires y Gran Buenos Aires, VACCARO SÁNCHEZ y Cía, S.A.
Distribuidor para Chile: DISTRIBUIDORA ALFA, S.A.

Capítulo 1

ERA COMO estar viendo a una extraña.

Una extraña elegante y sexy.

Zara parpadeó con incredulidad al mirarse en el espejo y ver tantas curvas y tanta extensión de carne desnuda. ¿Cuánto tiempo hacía que no se había visto así, como una mujer de verdad? Si lo pensaba bien, jamás.

El vestido de satén de color verde se le pegaba al cuerpo como una segunda piel y caía hasta el suelo. Nada que ver con sus habituales vaqueros y camisetas anchas, aunque aquélla no era la única diferencia. Sus ojos parecían enormes y más oscuros sobre las mejillas cuidadosamente realzadas, y la acostumbrada cola de caballo había sido reemplazada por un moño alto que dejaba al descubierto su cuello. Unos diamantes falsos adornaban su garganta y brillaban también en sus orejas. Zara entrecerró los ojos. ¿No estaba un poco... recargada?

Contuvo las ganas de morderse las uñas pintadas y miró a su amiga, que estaba arrodillada a sus pies.

–Emma, no puedo –le dijo con voz ronca.

–¿Qué es lo que no puedes? –le preguntó ésta, tirándole del bajo del vestido.

–No puedo colarme en esa fiesta. Soy camarera,

¡no pertenezco a la alta sociedad! No puedo intentar captar a un multimillonario ruso, por mucho que tú pienses que sería estupendo para tu negocio. Y no puedo ir vestida así. Tengo la sensación de ir desnuda. ¿De verdad tengo que hacerlo?

Emma se quitó un alfiler de la boca.

–¡Tonterías! Por supuesto que puedes. Vas a hacernos un favor a las dos. Lucirás uno de mis vestidos ante uno de los hombres más ricos del mundo y, al mismo tiempo, saldrás por primera vez después de Dios sabe cuánto tiempo. Créeme, Zara, oportunidades como ésta no se presentan todos los días. Nikolai Komarov tiene grandes almacenes en las principales ciudades de todo el mundo y, además, es un entendido en mujeres bonitas. Está deseando que yo diseñe una colección para sus tiendas, o que vista a su última amante, ¡pero todavía no lo sabe!

Zara bajó la vista hacia la revista del corazón en la que salía una fotografía en blanco y negro del oligarca ruso y tuvo todavía más dudas. Los ojos claros e intensos del hombre parecían traspasar su piel como si de rayos láser se tratasen.

–¿Y se supone que debo darle tu tarjeta?

–¿Por qué no?

–Porque... porque es intentar pescar a un cliente en una fiesta.

–Tonterías. Todo el mundo lo hace. Es lo que se llama hacer contactos. Y no le vas a hacer daño a nadie, ¿no? Además, ¿cuánto tiempo hace que no te diviertes?

¿Divertirse? Zara agarró con fuerza el bolso de

plumas que tenía en la mano porque la pregunta de su amiga le había dolido. Hacía una eternidad que no salía, salvo a comprar al supermercado o a la farmacia de la esquina. La enfermedad de su querida madrina se había alargado tanto que su muerte había resultado ser una liberación, después de tantos momentos indignos y tristes.

Durante meses, la vida de Zara se había limitado a hacer de enfermera de una mujer que, a pesar de no haber sido de su familia, la había acogido después de la muerte de sus padres. Para ello, había dejado sus estudios sin pensárselo dos veces. Había hecho malabarismos para compatibilizar las comidas, el cuidado, las facturas y las medicinas, y había trabajado de camarera para la empresa de catering de la madre de Emma siempre que había tenido ocasión.

Y cuando todo había terminado, Zara se había sentido sola y perdida. Como si le hubiesen pasado demasiadas cosas para poder volver a su desenfadada vida de estudiante. Todavía tenía deudas por pagar y, además, estaba decida a no perder la pequeña casa que había heredado. Tenía por delante un futuro incierto, y eso le daba miedo.

–¿Por qué no te diviertes un poco, Zara? ¿Por qué no haces de Cenicienta sólo esta noche y te olvidas de todas tus preocupaciones bailando? Ya sabes que me vas a hacer un favor enorme.

Zara sonrió al oír decirle aquello a Emma. Se preguntó si podía hacerlo. Deseó poder olvidarse de todo bailando. Tal vez su amiga tuviese razón. ¿Qué le impedía divertirse un poco? La otra alternativa era quedarse en casa preocupándose por todas las facturas que tenía que pagar.

–De acuerdo –cedió por fin, mirándose por última vez en el espejo–. Iré. Disfrutaré de ir vestida con este precioso traje que has creado e intentaré divertirme estando, por una vez, al otro lado de la bandeja y siendo quien se bebe el champán, no quien lo sirve. Y me acercaré al oligarca ruso y le daré tu tarjeta. ¿Qué te parece?

–¡Perfecto!

–Ya se lo he contado a las otras camareras y les parece una idea estupenda, aunque supongo que no pueden llevarme la contraria porque trabajan para mi madre. Ahora, ¡vete! ¡Vete!

Agarrando con fuerza el dinero que su amiga le había dado, Zara salió del pequeño estudio subida a unos tacones demasiado altos y paró un taxi antes de que le diese tiempo a cambiar de opinión.

Era una suave noche de verano y todas las flores de la ciudad parecían estar en plena floración, pero cuando el taxi se detuvo delante de la Embajada, a ella se le aceleró el corazón. ¿Y si la descubrían? Una camarera colándose en una fiesta benéfica. Una impostora que no tenía ningún derecho a estar allí. ¿Y si la echaban y le montaban un escándalo? Sin embargo, el hombre que tomó su entrada en la puerta sólo la miró con admiración y Zara respiró hondo mientras entraba.

El salón era espectacular. Con grandes lámparas de araña brillando como diamantes y altos jarrones de rosas rojas. Un cuarteto de cuerda tocaba encima de una tarima, delante de la pista de baile, brillante, vacía. Zara miró a los otros invitados y pensó que todos estaban increíbles. En especial, las mujeres. Sus diamantes sí que eran de verdad y ella se preguntó si lograría impresionar al multimillonario ruso con su vestido, con la de modelos de alta costura que había allí.

Se dio cuenta de que varios hombres se giraban a mirarla, lo mismo que sus acompañantes femeninas, y se preguntó si se habrían dado cuenta de que no se sentía cómoda. De repente, el disparatado plan de Emma parecía destinado a fracasar. Nerviosa, Zara tomó una copa de champán de la bandeja que llevaba una chica con la que había trabajado muchas veces y le dio un buen trago. El alcohol la relajó un poco y se sintió más tranquila cuando varias camareras le guiñaron el ojo y la saludaron en un susurro.

No obstante, algo la hacía sentirse incómoda. Su sexto sentido le decía que la estaban observando.

«No seas paranoica», se reprendió a sí misma.

Pero la sensación persistió y ella se movió entre la elegante multitud hasta que sus ojos se posaron sin querer en un hombre que había en la otra punta del salón.

Y no pudo apartarlos de él.

Porque sobresalía entre el resto de los invitados. Tenía el pelo dorado, los ojos de un azul glacial y una boca dura y arrogante, que denotaba experiencia y sensualidad. Era alto, tenía los pómulos marcados y una mirada penetrante. Y a Zara le resultaba familiar. No tardó en darse cuenta dc por qué: era Nikolai Komarov, el oligarca ruso, el hombre al que debía acercarse.

Lo primero que pensó fue que la fotografía no le había hecho justicia. En ella estaba atractivo, pero en persona era perfecto. Y lo segundo que se le pasó por la cabeza fue que era el hombre más intimidante que había visto. Su rostro le hizo pensar en un diamante, con sus duros ángulos esculpidos y aquellos ojos tan brillantes. Y con respecto al resto...

Zara sintió deseo. Podía ser todo un magnate, pero, para ella, era más que nada la masculinidad personificada.

El traje que llevaba puesto enfatizaba los hombros anchos, el torso sólido y las caderas estrechas, que terminaban en unas piernas largas y musculosas. Era alto e iba muy estirado, y estaba tan quieto que, por un momento, Zara pensó que se trataba de una figura de cera, pero los ojos de cera no podían brillar así, ni mirarla a ella tan fijamente.

Desde el fondo de la sala, Nikolai vio que la mujer lo miraba y todo su cuerpo se puso tenso, aunque no fuese nada nuevo que una mujer lo mirase. Lo hacían siempre, pero, normalmente, no lo hacían así. Aquélla parecía un cervatillo asustado que acabase de ver a un cazador...

¿Quién podía ser? Se había fijado en ella en cuanto había entrado en el salón con aquel vestido verde, y había estado observándola desde entonces. Tenía algo que la hacía sobresalir del resto, y no sabía el qué. ¿Cómo era posible que no hubiese hablado con nadie todavía y que sólo se estuviese dedicando a sonreír a las camareras?

La recorrió lentamente con la mirada. Al contrario que la mayoría de las mujeres que había allí esa noche, no tenía el rostro estirado a causa del Botox y su pelo lucía el brillo natural de la juventud. Aunque era su cuerpo lo que más lo tentaba. Era un cuerpo increíble, lleno de curvas, con una piel brillante y sedosa, con un escote exquisito que era como una invitación para los labios de un hombre.

Nikolai dejó su copa de champán en una bandeja, sonrió y esperó a que ocurriese lo inevitable. En cualquier momento, aquella mujer empezaría a andar hacia él con expresión expectante.

No lo hizo.

Él frunció el ceño al verla dudar, darse la vuelta y echar a andar en dirección contraria. No podía creerlo.

¡Le había dado la espalda!

Eso hizo que le interesase todavía más. Su instinto animal que solía estar aletargado, ya que las mujeres modernas preferían ser ellas quienes lo cazasen, despertó, calentándole la sangre. ¿Estaría jugando con él? ¿Se habría girado para darle la oportunidad de disfrutar de su maravilloso trasero? La mirada de Nikolai se clavó en él y tuvo que tragar saliva. Porque nadie podía negar que era un trasero delicioso...

Como un títere cuyas cuerdas estuviesen moviendo unas manos invisibles, empezó a seguirla.

Zara notó que se le erizaba el vello de la nuca y se le aceleraba el corazón. No estaba paranoica, ni se lo estaba imaginando. ¡La estaba siguiendo! El intimidante y guapo ruso que un momento antes le había parecido un muñeco de cera, estaba avanzando hacia ella.

Tragó saliva. ¿Se habría dado cuenta de que era

una impostora? En ese caso, lo mejor sería ir hacia la puerta, tomar un autobús y llamar a Emma para decirle que su idea había sido un desastre y que jamás debían haberlo intentado. Porque, de repente, la idea de acercarse a él y darle la tarjeta de visita de su amiga le parecía una estupidez supina. ¿Cómo había podido pensar que iba a atreverse a hacer algo así?

Se arriesgó a mirar un instante por encima de su hombro y se dio cuenta de que al ruso se lo había tragado la multitud, así que anduvo todo lo rápidamente que se lo permitieron los tacones para esconderse detrás de una columna de mármol. Se quedó allí el tiempo suficiente para convencerse a sí misma de que se lo había quitado de encima. Entonces, salió y miró a su alrededor, por fin podría escapar...

–Hola.

Zara se quedó inmóvil al oír que la saludaban con un acento extraño, segura de que se trataba de él. Sólo podía ser él. Y la vida era tan injusta que, además de ser un hombre impresionante, tenía una voz estremecedora.

«Haz como si no lo hubieses oído», se dijo Zara. «Sigue andando».

Dio un paso al frente, pero entonces oyó que le preguntaban:

–¿Estás intentando huir de mí?

Y ella supo que no podía ser maleducada ni montar una escena, tenía que contestar. Intentó sonreír y se giró hacia él con el corazón acelerado.

–¿Piensa que debería huir de usted? –le preguntó.

–Bueno, depende –murmuró él, recorriéndola con la mirada.

Zara notó que se le ponía la carne de gallina y supo que aquello era peligroso. Muy peligroso. Aquel hombre estaba coqueteando con ella, y eso la hacía sentirse incómoda. No obstante, sólo podía comportarse a la altura del vestido que llevaba puesto, de manera elegante, aunque por dentro se sintiese como una niña asustada.

–¿De verdad? ¿De qué depende?

Nikolai sonrió con satisfacción. Aquello estaba mejor. Mucho mejor. Por un momento, había pensado que aquella mujer quería darle esquinazo. ¿Cuándo le había ocurrido algo así por última vez? Jamás. Tal vez pudiese decirse de él que tenía fobia al compromiso, pero era un maestro en el arte de la seducción.

–De si se te dan bien los hombres difíciles y exigentes –comentó.

A ella le pareció un comentario tan escandaloso que, por un momento, se le olvidó que sólo tenía que lucir el vestido de su amiga. Pensó en las profesionales tan fantásticas que había conocido mientras cuidaba de su tía y en todo lo que tenían que soportar a diario. Y comparó su estoicismo con la arrogancia de aquel hombre tan guapo.

Estudió su traje negro, que habría costado lo mismo que alimentar a una familia de cuatro personas durante, al menos, un mes. Pensó en todas las facturas que tenía ella pendientes, y no pudo evitar rebelarse por dentro. Además, se dijo que era mejor concentrarse en sentirse indignada, que reconocer lo mucho que estaba afectando aquel hombre a todos sus sentidos.

–La mayoría de las personas no confiesan sus defectos la primera vez que ven a alguien.

–¿Estás dando por sentado que va a haber una segunda vez? –inquirió él en voz baja–. ¿No te parece un poco presuntuoso? ¿O es que estás acostumbrada a que los hombres capitulen al instante ante ti y deseen volver a verte?

Zara tenía tan poca experiencia con los hombres que le entraron ganas de echarse a reír.

–La verdad es que nunca doy nada por sentado –respondió–. Y evito generalizar acerca del sexo contrario.

Nikolai frunció el ceño al oír en su voz algo que no pudo definir. Algo parecido a... ¿censura? Eso hizo que su interés por ella aumentase.

–Tengo la sensación de que hay algo que no apruebas.

Zara se dijo que tenía que marcharse de allí, pero, al mismo tiempo, sintió que no podía moverse. Levantó la vista a sus gélidos ojos y su corazón dejó de latir.

–¿El qué?

–No me apruebas a mí, *milaya moya*.

–¿Cómo voy a tener una opinión formada si no nos conocemos? –le preguntó ella.

–Eso es cierto, pero puede remediarse fácilmente –le respondió él sonriendo, y fijándose en su rostro, para ver cuál era su reacción cuando le dijese cómo se llamaba–. Soy Nikolai Komarov.

Zara supo lo que tenía que responderle en ese momento: «Ya lo sabía. También sé que eres un hombre muy influyente, dueño de varios centros comerciales y que ha tenido innumerables novias. Por cierto, tengo una amiga diseñadora que tiene mucho talento. ¿Te gusta el vestido que llevo puesto? Pues es suyo. ¿Podría darte su tarjeta para que le echases un vistazo a su colección?», pero no fue capaz. ¿Sería porque le gustaba la sensación de estar coqueteando con él? ¿De estar fingiendo que era la persona de la que iba disfrazada, en vez de una camarera que le estaba haciendo un favor a una amiga?

–Eres... ruso –comentó.

–Muy perspicaz.

Nikolai apretó los labios, decepcionado. Así que no había sido un flechazo. Estaba seguro de que ya había oído hablar de él. Aunque no sabía por qué le decepcionaba que ella fingiese no conocerlo. Las mujeres siempre jugaban a esos juegos. Mentían. Recurrían a subterfugios.

–¿Conoces a muchos rusos?

–No. A ninguno.

–Hasta ahora.

–Hasta ahora –repitió ella, sonriendo con nerviosismo.

Se preguntó si él se quedaría horrorizado si le dijese quién era en realidad.

–¿Y tú eres? –le preguntó él.

Zara se sintió tentada a inventarse un nombre, pero luego se dijo que, de todos modos, no volvería a verlo después de aquella noche. Un nombre como el suyo no significaba nada para un hombre como él.

–Zara –le dijo–. Zara Evans.

–Un nombre muy bonito, para una mujer muy bonita.

Ella se ruborizó con el cumplido, era la primera vez que le decían algo así. No obstante, se dijo que no debía dejarse engatusar. Abrió la boca para responderle algo inteligente, pero sólo consiguió balbucir:

–Gra...gracias.

–¿Quieres beber algo, Zara?

–No, gracias, ya me he tomado una copa.

–Pero creo que puedes tomar más de una –le dijo él, mirándola a los ojos–. Aunque no más de dos –añadió sonriendo, para demostrarle que era una broma.

–En realidad, tengo que marcharme –le dijo, sabiendo que era peligroso.

–¿Por qué?

–Porque...

–En realidad, no tienes un motivo, ¿verdad? –le preguntó Nikolai al verla dudar–. Sobre todo, habiendo música y sintiendo yo un irresistible deseo de bailar contigo. Así que ven.

Horrorizada, Zara vio cómo entrelazaba los dedos con los suyos y la llevaba hacia la pista. Bueno, en realidad, estaba emocionada. Y notó calor en las mejillas al ver que la gente se giraba a mirarlos, pero hasta que no estuvo con él en la pista de baile no se atrevió a decirle en un susurro:

–¡No podemos bailar!

–¿Por qué no?

–Porque...

–Deja de decir eso. Baila conmigo –la espetó–. Sabes que quieres hacerlo.

Y lo peor fue que tenía razón. Zara quería bailar, estaba deseando que la agarrase por la cintura, y tomó aire cuando lo hizo.

–¿Lo ves? –murmuró Nikolai–. Era lo que querías.

Ella se sintió aturdida. ¿Qué podía hacer?

–Relájate –le sugirió él.

–¿Cómo voy a relajarme si todo el mundo nos está mirando?

–Haz como si no te hubieses dado cuenta, uno acaba acostumbrándose. Los hombres nos miran porque me envidian, y las mujeres, porque desearían estar donde estás tú, *milaya moya*.

A Zara le pareció un comentario arrogante, y dudó que la primera parte fuese cierta. En aquel salón había muchas mujeres más atractivas que ella, además de ricas y con títulos.

Pero la música era muy seductora, y la manera en la que Nikolai la agarraba, mucho más. De repente, se dio cuenta del calor que emanaba su cuerpo duro y se puso todavía más tensa.

–Relájate –repitió él.

Zara notó que le acariciaba suavemente la cintura con el dedo pulgar, pero ¿qué iba a decirle? ¿Que la última vez que había bailado con un hombre había sido en un bar ruidoso, y que no se había parecido en nada a aquello?

–No estoy acostumbrada a bailar –admitió.

–¿Por qué no?

Ella levantó la vista para mirarlo y se preguntó

cuántos años tendría. Era difícil de decir, aunque era evidente que era mucho mayor que ella.

–Porque...

–Otra vez. Esa maldita palabra –dijo él, apretándola más contra su cuerpo, inclinando la cabeza sobre su cuello y cerrando los ojos para inhalar su sutil aroma–. ¿No te ha dicho nunca nadie que repetirse es aburrido?

–Me has hecho una pregunta e iba a responderla –protestó Zara.

–Ya lo sé, pero, de repente, me ha parecido mucho más interesante tu lenguaje corporal.

–¡Eso es intolerable!

–Lo sé –le susurró él al oído–, pero tú me haces sentir así. ¿No te pasa a ti también, Zara?

–No.

–Sí, claro que sí –la contradijo en voz baja–. Venga. Sé valiente. Admítelo.

«Deja de bailar», se dijo a sí misma. «Ahora mismo. Sal de la pista de baile y no dejes de andar hasta que no llegues a la calle. Si lo haces con firmeza, no intentará detenerte».

Pero era difícil hacer otra cosa que no fuese dejarse llevar y disfrutar de la presión de los dedos de Nikolai sobre su cuerpo. Sintió deseo, y fue algo tan inesperado e indeseado, que se le aceleró el corazón al darse cuenta. ¿Lo sentía él también? Zara tenía que parar aquello antes de que cometiese una estupidez.

Se apartó de él a regañadientes.

–Tengo que marcharme, de verdad –le dijo.

Él asintió, aunque no estuviese preparado para separarse de ella. ¿Sería porque estaba acostumbrado a ser él quien tomase la decisión de cuándo quedarse y cuándo marcharse?

–De acuerdo. Te llevaré a casa.

Zara separó los labios, pero él negó con la cabeza.

–Y antes de que empieces a protestar, quiero que sepas que no voy a permitir que te marches sola.

«Sobre todo, con los pezones tan claramente marcados en el vestido», pensó.

–A no ser que tengas un coche esperándote fuera –añadió.

Zara se preguntó si sería capaz de convencerlo de que una de las limusinas negras que había fuera de la Embajada era suya. Si lo hacía, él insistiría en acompañarla y ella tendría que admitir que era mentira. Negó con la cabeza.

–No. He venido en taxi. ¿Dónde vives tú?

–Tengo una casa al otro lado del parque.

En un momento de verdadera indecisión, Zara lo miró hasta que se dio cuenta de que iba a desaprovechar lo que podía ser una oportunidad caída del cielo. ¿Por qué no aceptar su ofrecimiento? Tal vez pudiese darle la tarjeta de Emma antes de despedirse de él.

–Está bien... Aunque como yo vivo un poco más lejos, el coche podría dejarte primero a ti.

Nikolai se pasó un dedo por los labios, pensativo. La idea de Zara representaba poner fin a la velada demasiado pronto. Llevaba una temporada trabajando demasiado y había dejado a un lado el sexo. Su última amante había terminado por cansarlo, pidiéndole que se casase con ella. No creía que hubiese en el mundo una mujer que fuese a conseguir eso de él. Miró a Zara de forma especulativa.

–Vamos –murmuró.

Capítulo 2

CUANDO salieron de la Embajada los estaba esperando fuera una limusina negra y Zara se sintió como si estuviese entrando en otro mundo. El chófer le abrió la puerta y ella se sentó y miró a su alrededor maravillada. ¡Qué coche! Y cuando Nikolai se sentó a su lado y la miró, el corazón le latió con más fuerza. En aquel espacio tan reducido, su proximidad le resultó a Zara todavía más potente que en la pista de baile, y se preguntó si sería sensato viajar con un extraño tan devastadoramente sexy.

–No sé si sabes que todavía es muy temprano –comentó él.

–Es cierto –respondió Zara, sin poder apartar la mirada de sus ojos.

A Nikolai le gustó el color caramelo mezclado con rayos de sol de su pelo y deseó quitarle las horquillas y dejárselo suelto. Podía ver el contorno de sus muslos bajo el vestido, Zara tenía las piernas largas y esbeltas, y eso le hizo sentir otra punzada de deseo.

–Dado que estamos cerca de mi casa –comentó él, como si se le acabase de ocurrir la idea–. Podrías pasar a tomar algo.

Zara no supo qué hacer. No podía aceptar la invitación de un extraño que, además, resultaba ser el hombre más atractivo que había conocido. ¿Pero acaso no tenía derecho Cenicienta a echar un vistazo al palacio del príncipe antes de que su vestido volviese a convertirse en harapos?

–Podría.

–¿Pero no estás segura?

–¿Tú qué crees?

–Creo que te apetece venir.

Zara rió.

–Pero no siempre es sensato hacer lo que a uno le apetece.

–¿No? Yo siempre he pensado justo lo contrario. Que la vida es demasiado corta para vivir ceñido a las normas sociales. ¿Y si te doy mi palabra de que tomaremos sólo una copa y luego mi coche te llevará adonde tú quieras? ¿Qué te parece?

Le parecía una locura y, al mismo tiempo, la oferta más tentadora que le habían hecho en mucho tiempo.

Y su instinto le dijo que estaba con un hombre avezado, que era como un depredador. Y no podía meterse en la guarida del león a no ser que quisiese ser devorada...

Negó con la cabeza.

–Te lo agradezco mucho –contestó–, pero no creo que sea buena idea.

Él se dio cuenta de que hablaba en serio y le sorprendió. Lo normal era que tuviese que quitarse a las mujeres de encima.

–¿Estás segura?

–Sí –mintió Zara.

–Bueno, en ese caso...

En un segundo, se acercó más a ella y se inclinó hacia delante.

–Te tendré que dar el beso de despedida aquí, *milaya moya*.

Ella se aferró al asiento de cuero.

–¿Siempre te despides con un beso de las mujeres aunque casi no las conozcas? –inquirió Zara, casi sin aliento.

–No siempre, *net*, pero tú llevas toda la noche tentándome, desde que has empezado a huir de mí. Y no recuerdo la última vez que he tenido que perseguir a una mujer.

De repente, Zara se sintió culpable.

–Pero...

–Calla –le pidió él, acercando sus labios a los de ella.

Más tarde, Zara le echaría la culpa al champán, y a la experiencia de él, porque no hizo nada para detenerlo. Aunque, si no lo hizo, no fue sólo por el alcohol, sino también por deseo y curiosidad. Hacía mucho tiempo que no la besaban. Y ningún hombre la había besado como lo hizo Nikolai Komarov en la parte traerá de aquella limusina.

Sólo necesitó que la rozase con su boca para ponerse a temblar. Aquel contacto físico hizo que volviese a sentirse normal. ¿Cuánto tiempo hacía que no la abrazaban, que no la hacían sentirse segura? Levantó la mano y enterró los dedos en su pelo grueso y rubio, y se perdió en la dulzura de aquel beso.

Nikolai rió y le acarició la espalda, en parte sorprendido por la respuesta de Zara. Había esperado de ella un comportamiento elegante, era a lo que estaba acostumbrado, y le extrañó que una mujer de aspecto tan sofisticado temblase con un beso. Hasta le pareció sentir cierta ternura en ella. Rompió el beso y le retiró un mechón de pelo de la mejilla, porque no estaba acostumbrado a recibir gestos de ternura y le resultó curiosamente persuasivo.

–Me parece que eres muy apasionada –murmuró.

–¿Tú crees?

–*Da*. Una pasión maravillosa.

Su boca volvió a buscarla una vez más y fue entonces cuando el beso empezó a cambiar y se volvió más profundo. Zara tuvo la sensación de que el tiempo se detenía y se sintió como si hubiese entrado en un pequeño mundo íntimo. Un mundo en el que la lengua de Nikolai dentro de su boca la hacía sentirse como si estuviese siendo arrastrada por un torbellino oscuro y erótico.

–Nikolai...

–¿Qué?

–Esto es...

–Increíble –murmuró él, levantando la cara para mirarla con deseo–. *Da*. *Da*. Ya lo sé.

Ella había querido decirle que aquello era un error, aunque su cuerpo opinase lo contrario. ¿Cómo podía sentirse tan bien sabiendo que era un error? Notó que él le acariciaba la garganta y bajaba con las puntas de los dedos hacia sus pechos para acariciarle uno de los pezones a través del vestido.

Zara intentó tragar saliva.

–Es una locura –gimió mientras él se inclinaba a tomar su pecho con la boca.

Nikolai la acarició a través de la fina tela del vestido, que era lo único que lo separaba de su pecho desnudo y ella soltó un grito ahogado. Se preguntó si Zara se sentía mejor protestando por lo que estaban haciendo, a pesar de ser evidente que lo deseaba tanto como él.

Y se dijo que las mujeres eran criaturas contradictorias. A menudo, ocultaban su propio deseo por miedo a que un hombre las considerase demasiado fáciles. Pensó en decirle que le daban igual los convencionalismos y que podía ser todo lo fácil que quisiera.

Apartó la boca del pecho y bajó una mano a la cadera.

–¿Eres consciente de que tienes un cuerpo impresionante? –le preguntó–. Y que este vestido lo realza de una forma maravillosa.

Ella negó con la cabeza, pensando vagamente que estaba perdiendo la oportunidad de hablar del vestido.

–Para ya –susurró.

–¿Que pare de piropearte? Pensé que era algo que gustaba a todas las mujeres.

–No quería decir eso. Sino que no deberías estar haciendo... eso.

–Pero te gusta. Y no quieres que pare, ¿verdad?

–Sí... quiero.

–No. Lo que quieres es que te acaricie la pierna hasta llegar al tobillo, ¿verdad? Así.

–¡Nikolai!

–Y luego quieres que meta la mano muy despacio por debajo del vestido. Así, ¿*da*?

–Nikolai –repitió ella con la respiración entrecortada.

–Vaya, veo que ni siquiera llevas medias –comentó–. No me extraña que me pareciese un vestido muy provocativo nada más verte entrar en la fiesta.

–¡Ah! –gimió Zara, sintiendo que su cuerpo reaccionaba a las caricias, como si despertase de un largo sueño.

–Escucha, estamos muy cerca de mi casa.

Nikolai estaba tan excitado, que casi no podía hablar y le costó un esfuerzo sobrehumano controlarse y dejar de tocarla. No podía hacerle el amor a Zara en el centro de Londres, con el chófer sentado delante de ellos.

–¿Por qué no me dejas que te invite a una copa?

Zara se puso tensa, tal vez porque ambos sabían que, si iba a su casa, no sería para tomarse una copa. Tal vez porque, de repente, se dio cuenta de lo que estaba haciendo y de que estaba con un hombre al que no conocía. Y de que, con aquello, podía estropear el vestido de su amiga además de su propia reputación.

Con el corazón acelerado, se apartó de él y agarró su bolso con manos temblorosas.

–¡No!

Él frunció el ceño, molesto.

–¿No te parece un poco tarde para ponerte a jugar?

–No estoy jugando... –empezó Zara, a pesar de saber que no era cierto.

Estaba jugando. Y a un juego peligroso. Estaba fingiendo que era alguien que no era. No era una mujer rica. Ni era de las que se acostaban con un hombre al que hubiesen conocido en una fiesta. Intentó salir de aquella situación con la máxima dignidad posible.

–Lo siento, pero es muy tarde y... estoy cansada.

Nikolai se sintió decepcionado. Supo que Zara estaba hablando en serio e intentó contener la frustración. Apretó los labios. Se preguntó si tendría tiempo y ganas de salir con ella el número de veces que considerase necesario antes de acostarse con él. ¿Merecía la pena?

Observó los ojos verdes de Zara, muy abiertos, sus mejillas sonrojadas y los labios hinchados y se dijo que sí, merecería la pena. ¿Cuándo había sido la última vez que lo había rechazado una mujer?

–Bueno, pues creo que es una pena –le dijo, metiéndose la mano en el bolsillo.

Pero antes de que pudiese darle una de sus tarjetas de visita, Zara abrió la puerta del coche y empezó a salir.

–¿Se puede saber adónde vas?

–A casa.

–Ya te he dicho que mi chófer te llevará adonde tú le digas.

–He cambiado de idea, prefiero irme sola.

–¿Por qué?

Zara sacudió la cabeza e intentó tranquilizarse. Al principio, le había dado vergüenza y le había preocupado que Nikolai viese su casa, pero, en esos momentos, era mucho más que eso. Seguía sintiendo vergüenza, pero por su comportamiento. Se había comportado de manera completamente desinhibida con un hombre al que no conocía, y no quería nada más de él. Mucho menos, que su chófer le contase dónde vivía.

–Creo que los dos conocemos el motivo –le contestó en voz baja–. Casi no nos conocemos y nos hemos comportado de manera muy... inapropiada. Así que creo que es mejor que me marche sola a casa. Me alegro de haberte conocido... Nikolai.

Se puso de pie, se agarró el vestido y echó a andar en dirección al parque, segura de que, en esa ocasión, Nikolai no la seguiría.

Él se quedó inmóvil un instante, frustrado, sorprendido por aquella demostración de independencia y también mojigatería. Se había marchado sin que le diese su teléfono y él la había dejado marchar. Lo había dejado con el corazón acelerado y con toda la sangre en la entrepierna. En esos momentos, su instinto de depredador quería ser satisfecho, así que se sacó el teléfono móvil del bolsillo y llamó a uno de sus asistentes.

Le resumió los hechos hablando rápidamente en ruso.

–Se llama Zara Evans –dijo con impaciencia–. No, no sé dónde vive. No sé nada de ella.

Salvo que hacía mucho tiempo que no deseaba así a una mujer. Sonrió.

–Encuéntrala.

Capítulo 3

ZARA tomó la bandeja de canapés y puso su sonrisa más profesional mientras esperaba, junto a las demás camareras de Gourmet Internacional, a que llegase el momento de salir de la gran cocina. Era la hora de ir a servir a los clientes.

Las otras camareras charlaban mientras se paseaban entre los valiosos cuadros que había alineados en el pasillo que daba al jardín trasero de la casa, pero Zara no estaba de humor, a pesar de que los cócteles en casas privadas solían ser sus favoritos. Eran lo suficientemente breves para que no le diese tiempo a aburrirse, estaban bien pagados y se celebraban en lugares muy lujosos. Como esa noche. Era una casa tan grande y bonita que parecía mentira que pudiese estar en el centro de Londres, pero sólo alguien muy rico podía permitirse vivir en los jardines del palacio de Kensington. Para aquel trabajo sólo habían sido seleccionadas unas pocas afortunadas y, Zara tendría que haber sonreído al pensar en el dinero que iba a ganar por él, pero no tenía ganas de hacerlo.

Llevaba días apática y distraída, preocupada por el hombre con el que soñaba día y noche desde que la había tomado entre sus brazos y había hecho vibrar todo su cuerpo con sus experimentadas caricias.

Nikolai Komarov. El ruso de mirada gélida que la había besado tan apasionadamente en su limusina la semana anterior. Zara había intentado por todos los medios no pensar en él, pero no podía evitar que su imagen le viniese a la mente, que el corazón se le acelerase y que todo su cuerpo ansiase estar con él.

Enfadada, se puso recta. Al menos, podía dar gracias de que, después de lo que había pasado, su trabajo no hubiese peligrado. La madre de Emma no sabía que se había colado en la fiesta de la Embajada. Y ni siquiera le había contado a su amiga lo que había ocurrido. Zara había llevado el vestido a la tintorería y se lo había devuelto a su amiga, a la que le había dicho que no había tenido oportunidad de darle su tarjeta de visita al multimillonario ruso. Y eso era cierto.

Pero la experiencia había hecho que Zara se sintiese vulnerable. Que se preguntase cómo había podido comportarse así.

Y a eso se unía su inseguridad económica. Tenía que pagar las facturas que se habían ido acumulando a lo largo de la enfermedad de su madrina. ¿Cómo iba a hacerlo con lo que ganaba de camarera? Tal vez tuviese que vender la casa, a pesar de que no era el mejor momento para hacerlo. En cualquier caso, en esos momentos no podía solucionar sus problemas. Estaba allí para trabajar y tenía que hacerlo.

Salió a los jardines y vio varios grupos de personas vestidas de forma elegante y veraniega. Los camareros ya habían repartido bebidas y al fondo del jardín había una mujer sentada, con una melena de pelo moreno, tocando el arpa.

–Langosta sobre tosta de arroz al sésamo con caviar dorado –recitó Zara sonriendo, acercando la bandeja a un grupo de mujeres esqueléticas, pero todas negaron con la cabeza.

Sólo los hombres aceptaron y devoraron los canapés de un solo bocado, ajenos a su contenido calórico.

Zara fue de un grupo a otro sin dejar de sonreír, hasta que miró al fondo del jardín y vio a un hombre. No podía creerlo. Inmóvil, mirándola como lo había hecho la primera vez que lo había visto, estaba Nikolai Komarov.

Pensó que tenía que habérselo imaginado y sacudió la cabeza, pero no podía estar equivocada. No había otro hombre así. Y ninguno irradiaba aquel poder y dominación...

Zara tragó saliva al ver que iba hacia ella. Miró a su alrededor, para ver si podía escapar, pero ¿qué podía hacer? ¿Dejar la bandeja en el suelo y salir corriendo?

El corazón se le aceleró al verlo más de cerca. Tenía los ojos más claros y fríos que nunca. Nikolai hizo una pausa para observarla con intensidad, pero sin pasión.

–Hola, Zara –la saludó después.

Ella tardó un poco en contestar, esperando a ver si despertaba de un sueño.

–Nikolai –dijo por fin.

–El mismo –le respondió él, notando que se excitaba al oír cómo pronunciaba Zara su nombre.

Aunque sólo podía pensar en que lo había engañado. Era igual de mentirosa y falsa que las demás. Pensó que era irónico lo predecibles que eran todas las mujeres. Al principio, había pensado que se había quedado marcado después de una mala experiencia. Que lo que había hecho la mentirosa de su madre: abandonarlo sin más, había sido algo excepcional. Pero se había equivocado. Después había conocido a muchas otras mujeres embusteras y ambiciosas. Hizo una mueca. ¿Cuándo aprendería que todas eran iguales?

–¿Sorprendida? –le preguntó a Zara en tono sarcástico.

–Por supuesto –admitió ella–. ¿Qué... qué haces aquí? No... no lo entiendo. ¿Qué pasa?

Nikolai frunció el ceño. Había esperado volver a verla, pero no en esas circunstancias, ni tan diferente a la vez anterior.

–¿No lo sabes?

–No –dijo ella, confundida.

–Piénsalo.

Zara empezó a construir el puzle en su mente y sólo encontró una respuesta.

–¿Es... es tu casa?

–¡Bravo! Es una de ellas. ¿Te gusta?

¿Qué iba a decir? ¿Que le daban igual sus casas?

–Es muy bonita.

–Ya lo sé –comentó él riendo–. He visto tu reacción nada más llegar.

–¿Sí?

–Sí, *angel moy*. Estaba en la ventana cuando ha llegado el minibús. Y he visto la expresión de tu rostro al salir. Una expresión que ya conocía, de intimidación y añoranza. El gesto de alguien deslumbrado por la riqueza. Hay quien lo llama codicia, otros, envidia.

Lo único que sabía él era que el dinero lo cambiaba todo. La gente hacía cosas extraordinarias por él: degradarse, venderse, traicionar hasta a sus seres más cercanos. Sacaba lo peor de las personas, y él lo sabía mejor que nadie.

Zara vio que su expresión se ensombrecía y se estremeció.

–¿Por qué estoy aquí? –le preguntó.

–Venga, no lo digas como si te estuviese preparando para hacer un sacrificio humano –le dijo él–. Es muy sencillo. Estás trabajando para mí. He pedido expresamente que vinieses tú. Es mi fiesta. ¿No te lo ha dicho nadie?

Ella negó con la cabeza.

–No siempre nos dicen quién es el cliente.

–Bueno, pues ahora ya sabes que soy yo. Asegúrate de que a mis invitados no les falta de nada. Que a mí no me falte de nada. Bueno, ya sabes lo que tienes que hacer. Eres camarera, ¿no? Tengo que admitir que me sorprende, pero ahora no es el momento de hablar de ello. Ya tendremos tiempo después.

Nikolai se dio cuenta de que a Zara le temblaban los labios y deseó besarla a pesar del enfado, pero se contuvo. Podría esperar.

–Estoy deseando conocerte mejor, Zara.

Y después de aquello, que había sonado como una amenaza, se marchó hacia un grupo de personas, dejando a Zara sola, preguntándose qué hacía allí.

Entonces se dio cuenta de que tenía la bandeja casi vacía y se dijo que tenía que seguir trabajando. Se preguntó cómo iba a soportar hacerlo bajo la atenta mirada de Nikolai, pero según fue transcurriendo la tarde, se dio cuenta de que no la miraba, y eso resultó ser todavía peor.

Sus miradas sólo se encontraron una vez y Zara tuvo un mal presentimiento. ¿Estaba enfadado porque se había dado cuenta de que había besado a una camarera? Pensándolo bien, tenía motivos.

A las nueve de la noche, la mayoría de los invitados se habían marchado y Zara ayudó a llevar a la cocina los últimos platos sucios, aunque no tenía ganas de terminar. Seguro que Nikolai Komarov tenía algo mejor que hacer que estar esperando a que ella acabase de trabajar. Salió fuera para comprobar que no quedaba nada y vio el jardín vacío. Suspiró aliviada.

Estaba entrando en la casa de nuevo con una copa de champán que había encontrado en uno de los maceteros cuando vio a Nikolai saliendo a la terraza. ¿La habría visto? Se había quitado la chaqueta y estaba con una camisa de seda blanca, con los botones más altos desabrochados.

Zara notó que se le secaba la boca al verlo sonreír. Sí, la había visto.

–¿Quién eres exactamente? –le preguntó Nikolai, acercándose a ella.

–Ya lo sabes. Zara Evans.

–*Net*. Tal vez tu nombre no haya cambiado, pero tú, sí –le dijo él, recorriéndola de pies a cabeza con la mirada–. Tendrás que reconocer que el cambio es tremendo.

–Así es como soy en realidad –confesó ella–. Soy camarera.

–Ya lo sabía.

–¿Cómo lo averiguaste?

–Fue fácil, teniendo los medios, se puede encontrar a cualquier persona –contestó–, pero lo que quiero saber es qué hacías la semana pasada en la fiesta del embajador. Y por qué jugaste conmigo al escondite. ¿Fuiste a la fiesta sólo para conocerme a mí?

Nikolai se preguntó si sería una de esas mujeres que intentaban conocer a hombres ricos o famosos.

Zara se sintió culpable. ¿Podía contarle la verdad? ¿La creería?

–¿Por qué iba a querer conocerte?

–Por favor, no seas falsa –le advirtió él, sabiendo que le ocultaba algo, porque se había ruborizado–. Los hombres poderosos estamos sujetos a todo tipo de acercamientos por parte de mujeres. Aunque tengo que admitir que el tuyo fue distinto.

Y muy sexy. Zara había hecho que desease perseguirla. Había provocado una reacción que le había sorprendido hasta a él, una respuesta primitiva, imposible de ignorar.

–Quiero la verdad.

–Está bien. Me colé en la fiesta –admitió–. Mi amiga Emma quería que luciese su vestido. Su madre es la dueña de la empresa de catering para la que trabajo. Por eso sabía Emma cuáles iban a ser los invitados a la fiesta.

–Continúa.

–Emma estudia moda, y es muy ambiciosa. Se le dan bien los vestidos y quería que yo la ayudase a exponerlos.

–Y lo hiciste muy bien, aunque el vestido dejase poco margen a la imaginación.

Ella volvió a ruborizarse.

–No era más atrevido que muchos otros.

Pero no había habido otra mujer aquella noche con un cuerpo como el suyo, recordó Nikolai. Zara tenía algo que lo había atraído a un nivel muy básico. Y que seguía haciéndolo incluso vestida de camarera. «Recuerda que es una mentirosa. Que todas las mujeres lo son», se dijo.

–¿Y qué tenías que hacer exactamente? –le preguntó.

–Darte una de sus tarjetas.

–¿Con la esperanza de que yo le diese la oportunidad que tanto se merece? –inquirió Nikolai en tono sarcástico.

–Más o menos.

–Pero no lo hiciste, ¿verdad? ¿Qué ocurrió, Zara? ¿Se te ocurrió algo mejor? ¿Pensaste que podías utilizar la química que había entre nosotros para algo más ambicioso?

–Eres un cínico –replicó ella.

–Gajes del oficio.

–Parece que se te ha olvidado que fui yo quien puso punto y final a la noche.

–Aunque antes me dejaste probar lo bien que besas –comentó él pensativo–. ¿Lo hiciste para encenderme la sangre? ¿Para tentarme y dejarme con ganas de más? Pues que sepas que lo conseguiste.

Zara negó con la cabeza.

–Si hubiese querido eso, no me habría marchado tan deprisa.

–Tal vez lo hiciste porque sabías que un hombre acostumbrado a tenerlo todo iría tras de ti –comentó Nikolai–. Las mujeres sois seres arteros.

Ella se preguntó si hablaba así porque le habían roto el corazón.

–Te equivocas por completo. No tenía planeado que ocurriese aquello, me marché porque sabía que debía hacerlo, que debía huir de ti.

Se hizo un silencio y, de repente, Zara se dio cuenta de que se había hecho de noche.

–No sé si creerte o no –dijo Nikolai por fin.

–Estás en tu derecho –le respondió ella, a pesar de sentirse dolida–, pero supongo que ya da igual. En cualquier caso, no pretendía quitarte tu fortuna. Ahora, ¿puedo irme ya?

Él posó la vista en sus labios y se dio cuenta de que le daba igual cuál hubiese sido la motivación de Zara. ¿Qué más daba que fuese una mentirosa? Lo importante era que seguía deseándola, por raro que pareciese. Quería volver a perderse en sus labios y sentir su increíble cuerpo pegado al de él. Quería hacerle el amor en ese momento, buscar un lugar tranquilo del jardín, penctrarla y hacerla gritar de placer.

Pero supo que no era el momento.

¿Por qué hacerle el amor deprisa y corriendo, a escondidas, pudiendo disfrutar de ella con más tiempo?

–No, no te marches –le dijo–. Tengo que hacerte una propuesta.

Zara lo miró con cautela.

–¿Una propuesta?

–Sí. ¿Te gustaría venir a trabajar para mí a una casa que tengo en el sur de Francia?

Ella lo miró confundida.

–¿De camarera?

Él reprimió una carcajada. ¿Qué pensaba, que quería contratarla de amante?

–Por supuesto. Siempre necesito personal y voy a dar una pequeña fiesta. Suelo contratar a gente del pueblo más cercano, pero tú hablas inglés. ¿Algún otro idioma?

No le sorprendió que Zara negase con la cabeza.

–¿No? Bueno, eso es justo lo que quiero. Podrías serme útil.

¿Útil?

–¿Por qué?

–Tengo un colega ruso al que le gusta hacer negocios cuando nadie a su alrededor lo entiende.

Zara frunció el ceño e intentó valorar la oferta.

–¿Por qué me ofreces el trabajo a mí?

Nikolai la miró de forma burlona. Era una manera de volver a verla y ella debía de saberlo, ¿o estaba haciendo como si no lo supiese?

–¿Siempre interrogas a tus posibles clientes?

–Es evidente que, en tu caso, es diferente.

–Es evidente –repitió él con sarcasmo–. Eres una

de las mejores camareras de la empresa, ¿verdad? Al menos, eso me dijeron cuando contraté el servicio de hoy. Ése es motivo suficiente. Y, por supuesto, te pagaré bien. Muy bien.

La cantidad de dinero que le dio hizo que Zara abriese mucho los ojos y se humedeciese los labios, y él sintió una mezcla de desdén y deseo. Era una mujer exquisitamente avariciosa, y saberlo le resultó liberador. No se sentiría culpable por utilizarla, ya que ella tampoco lo hacía.

–¿Qué te parece, Zara? ¿Crees que podría convencerte para que aceptases el trabajo?

Ella dudó. Con aquella cantidad de dinero, podría pagar casi todas sus deudas y volver a vivir como una veinteañera normal. Desaprovechar aquella oportunidad sería una locura, aunque tuviese que trabajar por un hombre que la hacía estremecerse de deseo.

–¿Cuándo sería?

–El fin de semana que viene.

–Ese fin de semana...

Emma le había organizado una cita a ciegas.

–¿Qué pasa ese fin de semana?

–Que había quedado con... alguien –balbució.

–Ah, pues déjalo para otro momento. Lo primero es el trabajo. A mí me ocurre siempre.

Ella volvió a sentirse tentada, pero dudó. Podía ser ingenua en ciertos aspectos de la vida, pero no era tonta y sabía que la oferta de Nikolai Komarov no era tan simple como parecía.

Porque la deseaba. Eso también lo sabía. Podía sentirlo. Y no sabía si debía ir a trabajar para él sabiéndolo.

Lo miró a los ojos, recordó que había salido con muchas mujeres y las había dejado a todas, y sintió la emoción del reto. ¿Acaso no podría ser lo suficientemente fuerte para resistirse a él? Tan fuerte como había sido su madrina... pero de un modo distinto. No podía ser tan difícil mantener las distancias con un hombre que trataba a las mujeres con tan pocos miramientos. En especial, cuando le estaba ofreciendo la oportunidad de terminar con todos sus problemas económicos.

–De acuerdo. Acepto el trabajo –dijo muy despacio.

Nikolai asintió. Había sabido que lo haría. Porque lo que tuviese previsto para ese fin de semana no era nada en comparación con lo que él podría ofrecerle. Hizo una mueca. Estaba acostumbrado a que la gente se plegase a sus deseos, pero eso no impedía que, en ocasiones, desease que no fuese así. Que, por una vez, su dinero no actuase de reclamo. Aunque supiese que eso era como desear que las estrellas dejasen de brillar en el cielo.

–Estupendo –contestó.

–Sólo... –empezó Zara, mirándolo a los ojos–. Sólo... siempre y cuando comprendas que lo que ocurrió la noche de la fiesta fue un error. Un enorme error que no tengo intención de repetir. Esto es sólo un acuerdo profesional.

A él le costó reprimir una carcajada al ver que una camarera le estaba poniendo condiciones. ¿No se daba cuenta de que se le notaban los pezones erguidos a través del uniforme? ¿Por qué eran las mujeres tan poco sinceras con respecto a sus necesidades y sus deseos? Zara lo deseaba tanto como él a ella. ¿No sabía que una química como aquélla era demasiado potente para ignorarla?

–Si eso es lo que quieres –murmuró–, te doy mi palabra de que así será, *angel moy*.

Nikolai no sintió remordimientos al decirle aquello aunque no lo pensase. Zara asintió.

Él apretó los labios y se dio la vuelta. Porque las promesas se hacían para romperlas. ¿Acaso no era aquélla la primera lección que había aprendido en su vida, casi recién salido de la cuna?

Capítulo 4

Y ÉSTA –le informó el ama de llaves, abriendo una puerta de manera elegante–, es tu habitación.

Sorprendida, Zara la siguió dentro. No había esperado encontrarse aquel pequeño apartamento.

Normalmente, el servicio se alojaba en habitaciones casi peores que las celdas de las cárceles, pero allí, en la casa que Nikolai Komarov tenía en el sur de Francia, parecía que hasta las habitaciones del servicio eran lujosas. Había una cama enorme vestida de blanco, una cocina, un cuarto de baño impresionante, y las ventanas tenían unas vistas maravillosas, con las montañas de la Provenza a lo lejos.

–Es increíble –comentó, posando la mirada en un cuenco de uvas negras que parecían estar puestas para que un artista las pintase.

–Sí, el señor Komarov siempre cuida a su servicio –dijo el ama de llaves–. A cambio, sólo espera trabajo duro y discreción. Ahora, te dejaré que te cambies. Tendrás que servir la comida de aquí a una hora. Espero que la visita relámpago a la casa no te haya confundido. ¿No? Bien. En ese caso, ven directa a la cocina cuando te hayas cambiado.

Zara dejó su bolsa de viaje en el suelo y sonrió de oreja a oreja.

–De acuerdo.

Al menos, las palabras del ama de llaves le recordaron que había ido allí a trabajar, y en cuanto ésta se hubo marchado, Zara se quitó la ropa y se dio una ducha rápida. Le sentó fenomenal, aunque no consiguió llevarse las dudas que había tenido desde que había aceptado el trabajo.

Se había preguntado una y otra vez si había hecho bien poniéndose a la merced del poderoso y sexy ruso. Aunque, en realidad, no había tenido elección.

Le había quedado bien claro después de haber recibido una nueva oleada de facturas. No podía rechazar la cantidad de dinero que iba a pagarle.

Así que se había subido al avión en Heathrow y había intentado mantener a raya los nervios, pero no le había sido fácil, sobre todo, porque no podía dejar de recordar el rostro frío y el cuerpo duro de Nikolai. En Niza, había estado esperándola un coche para llevarla hasta la casa, y entrar en ella había sido como entrar en las páginas de una revista de decoración.

Los jardines eran enormes, con fuentes, caminos y flores en todos los rincones. Al final del largo camino estaba la casa, la más bonita que había visto en toda su vida. Pintada de rosa claro, contrastaba con la magnificencia de las montañas que tenía detrás y ofrecía unas vistas imponentes de la costa Azul.

Cerró el grifo de la ducha, se secó y se puso un

uniforme limpio mientras se decía que el lujo y la belleza del mundo de Nikolai eran irrelevantes. Lo mismo que el hecho de encontrarlo tan atractivo. Estaba allí para trabajar y marcharse con el cheque en el bolsillo, y sería mejor que no se le olvidase.

Fue directa a la cocina y habló con el cocinero. Acababa de llevar una botella de champán a la terraza cuando oyó pasos detrás de ella. Contuvo la respiración porque sabía que tenía a Nikolai detrás.

«Actúa con naturalidad, como con cualquier otro cliente. Sonríe de manera educada y salúdalo», pensó, pero sintió que le temblaban las piernas al girarse. Se le aceleró el corazón cuando él la estudió con su fría mirada.

En ese momento, Nikolai no parecía un multimillonario. Iba vestido como un hombre normal, pero estaba muy guapo con los vaqueros desgastados y una sencilla camiseta negra.

Zara tragó saliva e intentó controlar su respiración, que, de repente, se había vuelto irregular. ¿Cómo había podido ser tan tonta como para pensar que iba a poder ignorar lo guapo que era?

–Buenos días, señor Komarov.

–Venga ya –dijo él en tono irónico, fijándose en que a Zara le temblaban los labios–. Creo que nos conocemos lo suficientemente bien para que podamos evitar las formalidades, ¿no? Puedes llamarme Nikolai cuando estemos a solas.

Ella siguió sonriendo.

–Si eso es lo que quieres.

Él pensó que aquél no era el momento de decirle lo que quería en realidad. Pensó en lo grandes que eran sus ojos verdes, tan sorprendidos y brillantes, al tiempo que cautos y anhelantes.

–Pensé que no ibas a venir –comentó–. Que tal vez habías decidido que este trabajo iba a ser demasiado difícil.

–Llegamos a un acuerdo profesional –respondió ella.

–¿Y te ofrecí demasiado dinero para rechazarlo?

–Por supuesto –admitió ella, mirándolo fijamente.

No iba a permitir que le hiciese sentirse mal porque necesitase el dinero. ¿Qué sabía él de su situación?

–Además, no tengo costumbre de quedar mal con nadie –añadió.

–Estoy impresionado –murmuró Nikolai, fijándose en que Zara tenía la barbilla levantada y en que había una nota de orgullo en su voz.

–No era esa mi intención.

–¿No?

–No. Sólo estoy aquí para hacer un trabajo lo mejor posible.

Y, a juzgar por su aspecto, tal vez le estuviese diciendo la verdad, porque Nikolai no había esperado verla así. ¿Qué había esperado, que se presentase ante él como una vampiresa? ¿Qué se dejase algunos mechones de pelo provocativamente sueltos alrededor de la cara y que la falda le hubiese encogido un par de tallas? Frunció el ceño. Zara iba casi sin maquillaje, con el pelo recogido en una cómoda coleta y con una falda negra que le habría parecido bien hasta a una monja.

¿No era irónico que aquello no hubiese hecho más que aumentar el deseo que sentía por ella? Así que se sintió molesto por no poder tomarla entre sus brazos y besarla, y acabar con aquello. Y por ir a tener que soportar aquella farsa para poder acostarse con ella.

–Estás muy... profesional, aunque tu uniforme no sea de los más sexys que he visto –le dijo–. Vaya, he hecho que te sonrojes.

–Lo hago con facilidad –admitió Zara.

–¿De verdad? –inquirió él en tono burlón–. No pensé que fueses tan tímida.

Ella recordó cómo se había comportado con él en la limusina, como una devoradora de hombres insaciable. Era normal que Nikolai hubiese sacado conclusiones equivocadas acerca de ella. Aliviada, oyó que se acercaba alguien.

–No es el momento de ponernos a charlar –dijo enseguida–. Me parece que tus invitados están a punto de llegar. Será mejor que empiece a abrir el champán.

Él la miró fijamente a los ojos y maldijo en silencio a sus invitados.

–Supongo que tienes razón.

Zara agarró la botella de champán como si fuese un salvavidas. ¿Por qué la estaba mirando de manera tan sensual? ¿Acaso no la había oído cuando le había dicho en Londres que aquello iba a ser sólo un acuerdo profesional? ¿O era que a los hombres como él les daban igual los deseos de los demás cuando éstos no coincidían con los suyos? Y, si ése era el caso, ¿qué iba a hacer ella, teniendo en cuenta que Nikolai le resultaba irresistible?

Acababa de descorchar la botella cuando vio a una pareja entrando en la terraza. Los estudió con interés, pero sin que se le notase, ya que no eran los invitados que ella había esperado.

El hombre era bajito, regordete y de unos cincuenta años, y a pesar de ir vestido de lino, no dejaba de secarse el sudor de la nuca con un pañuelo. La que llamaba la atención era su novia, que debía de tener treinta años menos que él y llevaba unos zapatos rojos de charol que la hacían ser más alta que su acompañante. Tenía el pelo rubio y largo hasta la cintura y unos pantalones vaqueros cortos que enfatizaban sus piernas largas y bronceadas. Parecía sacada de una revista. Y ella, con los zapatos planos y la camisa blanca, se sintió de repente como una mojigata a su lado.

Nikolai levantó la mano para saludarlos.

–Sergei, ¡no puedo creer que haya conseguido alejarte de París! ¿Estás ya con el síndrome de abstinencia?

–Las invitaciones al Paraíso son demasiado escasas como para rechazarlas –respondió el otro hombre riendo–. Aunque supongo que estabas deseando tener a un compañero moscovita en el que confiar. Nadie ve el mundo como un ruso.

–Sí, pero a estas alturas ya deberías saber que no confío en nadie.

–No, he oído que te guardas bien tus cartas –intervino la rubia, y Nikolai arqueó las cejas.

–Creo que no nos conocemos –le dijo.

–No. Soy Crystal. Y tú eres Nikolai. Umm. Ahora entiendo que todas mis amigas se hayan puesto verdes de envidia cuando les he dicho adónde venía –comentó la rubia–. Nos ha pillado un atasco horrible a las afueras de Montecarlo y estoy agotada, ¿puedo tomar algo antes de que me desmaye?

Nikolai le sonrió con frialdad y pensó que tal vez compensase en la cama su falta de gracia social. Le hizo un gesto a Zara.

–Por supuesto. ¿Quieres champán?

–¡Me encanta el champán! –respondió Crystal.

–Lo suponía –observó Nikolai en tono seco–. Vamos a sentarnos a disfrutar del jardín. La comida no tardará, ¿verdad, Zara?

–No, señor –respondió ella, todavía más colorada después de oír hablar a Crystal.

No le extrañaba que Nikolai pensase que todas las mujeres fuesen iguales.

Con una destreza adquirida gracias a innumerables trabajos, Zara mantuvo las copas de llenas y no tardó en empezar a servir la sencilla comida. Repartió la ensalada de marisco y se ocupó de que la copa de Sergei estuviese siempre llena de bourbon, que era lo único que bebía. Mientras tanto, escuchaba la conversación que había, cuando la entendía.

Nikolai y Sergei hablaban de vez en cuando en ruso mientras que Crystal ni hablaba ni comía mucho. De hecho, la rubia se pasó casi toda la comida con la copa de champán en la mano, mirando pensativa hacia el mar Mediterráneo, que se extendía a lo lejos.

Mientras servía una tarta de limón de postre, Zara se preguntó cómo se sentiría, siendo ignorada de aquella manera. ¿No le importaba ser tratada como un adorno, o acaso era el precio a pagar por poder estar en lugares tan exquisitos como aquél? Estaba tan perdida en sus pensamientos que tardó en darse cuenta de que Nikolai la estaba mirando de forma burlona.

«No te vuelvas a ruborizar», pensó. «No permitas que Nikolai se dé cuenta de cómo te afecta».

–Queremos tomar el café ya, Zara –le informó éste.

Ella asintió, tenía la garganta seca.

–Por supuesto, señor. ¿Se lo sirvo aquí?

–Si no te importa.

Zara había tenido innumerables conversaciones como aquélla a lo largo de su vida laboral, pero en esa ocasión le costó aceptar que estaba al servicio de Nikolai.

Volvió de la cocina con el café y un plato de trufas de chocolate y lo dejó en la mesa.

Nikolai la observó mientras se inclinaba a servirle el café y se dio cuenta de que estaba sudando. A través de la barata camisa blanca que llevaba puesta, vio la silueta del sujetador, más funcional que decorativo. Se fijó también en los feos zapatos negros. Y, de repente, se sintió divertido. Podría conseguir a un millón de mujeres sólo con chasquear los dedos, ¿por qué había captado aquélla su atención? Aunque seguro que, después de verla así, tal y como era en realidad, su deseo por ella iría menguando hasta olvidarla por completo.

Entonces, por qué sentía frustración cada vez que la miraba.

Crystal se puso en pie de repente y bostezó de manera teatral.

–Bueno, me voy a tomar el sol, ¿alguien me acompaña? Sergei, ¿vienes?

–No, ahora, no –respondió éste, sacándose el teléfono del bolsillo–. Tengo que hablar de negocios.

–¿Y tú, Nikolai? –preguntó la rubia, mirándolo de otra manera.

Nikolai se dio cuenta de que era una mirada de deseo, y negó con la cabeza. Era una mujer florero, que llevaba las joyas que le había comprado su rico amante, pero después coqueteaba con el amigo de éste, más joven y viril. Nada que ver con una camarera pálida, que no había metido la pata en nada desde que había llegado allí.

Observó cómo Zara recogía los platos y se sintió culpable de repente. ¿La habría juzgado equivocadamente? ¿La deseaba sólo porque lo había engañado y la furia resultante había avivado su apetito sexual? Aquélla era la única explicación lógica.

–Cuando termines de recoger, Zara, podrás marcharte –le dijo con brusquedad–. Vuelve a las siete, a servir los cócteles, ¿de acuerdo? Hasta entonces, estás libre.

A Zara le pareció que su rostro era indescifrable, y que no había en él ni rastro de la sensualidad con la que le había hablado un rato antes. De hecho, se estaba comportando tal y como debía comportarse un jefe, hablándole con educación y dejando clara la posición de cada uno. Y debía avergonzarse de sentirse decepcionada porque ya no hubiese aquella intimidad entre ambos. Asintió.

–Gracias, señor.

Una vez en su habitación, Zara se quitó el uniforme y lo colgó en el armario, aliviada. Había pasado la primera prueba sin problemas y tenía toda una tarde libre por delante. Aunque, ¿cómo de libre? ¿Lo suficientemente como para ponerse unos pantalones cortos e ir a dar un paseo por aquel paraíso mediterráneo?

En su trabajo había normas tácitas. Había que pasar desapercibido y volverse invisible. No se podía tomar el sol en la propiedad de un cliente, por grande que fuese ésta. Sería vergonzoso, que la sorprendiesen tumbada, medio desnuda y cubierta de crema solar. Así que abrió una guía de viajes que había comprado en el aeropuerto esa mañana y vio que, cerca de la casa, había un pequeño pueblo al que podía llegar andando. Estudió las bonitas fotografías del lugar y leyó lo que ponía acerca de St Jean Gardet, uno de esos pequeños lugares mágicos en la montaña, que parecía no haber cambiado nada desde hacía décadas.

Nadie más que el guardia de seguridad que había en la puerta principal la vio salir. Echó a andar y sintió la cálida brisa en el rostro. Subió la montaña acompañada por los balidos de alguna oveja de vez en cuando y el canto de los grillos. Cuando llegó al pueblo, estaba acalorada y sedienta.

Todo el mundo debía de estar durmiendo la siesta, porque no vio a nadie por la calle. Era como un bonito pueblo fantasma, con geranios colorados colgando de las ventanas. Había un perro dormido a la sombra de un árbol y el reloj de la plaza dio la hora. Por fin, encontró un pequeño *tabac*, en el que una mujer vestida de negro la miró con cautela y pareció no entender el poco francés que Zara había aprendido en el colegio. No obstante, consiguió comprar una botella de agua y la bebió con avidez antes de disponerse a explorar el fresco interior de la iglesia que había en el centro del pueblo.

Después de visitarla, echó a andar de nuevo en dirección a la casa de Nikolai, diciéndose a sí misma que tenía mucha suerte de haber podido estar en un lugar tan bonito. Sólo tendría que soportar unos momentos de tensión durante las comidas para poder marcharse con su generosísimo cheque en el bolsillo. Pagaría las deudas y, después, sería libre de verdad. Libre para empezar a pensar qué iba a hacer durante el resto de s vida. Y aunque en parte le daba pena no poder volver a ver al sexy multimillonario ruso, en el fondo sabía que era lo mejor.

Por desgracia, durante el camino de regreso a la casa apretó mucho más el calor. Iba sudando, apartándose el pelo de la cara y preguntándose cuándo llegaría a la finca. Estaba tan perdida en sus pensamientos, que no oyó el ronroneo de un motor hasta que el vehículo no estuvo muy cerca.

Se apartó enseguida de la carretera y vio un coche deportivo gris, que brillaba cegadoramente bajo la luz del sol. A Zara se le detuvo el corazón al reconocer a su conductor. El vehículo disminuyó la velocidad, el conductor miró por el espejo retrovisor y frenó en seco, deteniendo el coche. Luego dio marcha atrás y se puso a su altura.

Zara pensó que, si no hubiese sido empresario, Nikolai habría podido ser piloto de Fórmula 1.

Él sonrió y abrió la puerta del copiloto.

–Entra –le dijo.

Capítulo 5

ZARA miró fijamente el rostro esculpido de Nikolai, pero éste llevaba gafas de sol, así que era imposible ver la expresión de sus ojos.

–Sube al coche –le repitió con impaciencia.

–Estoy disfrutando del paseo.

–Estabas, ya no. Tienes mucho calor. O, al menos, eso parece.

Ella notó calor en las mejillas y fue consciente de que el vestido de tirantes se le pegaba al cuerpo por culpa del sudor. Nikolai tenía razón, estaba asada, pero la peor solución a su problema sería subirse al coche con él. No obstante, no podía rechazar el ofrecimiento, ya que ambos iban al mismo lugar.

–Está bien –cedió por fin, sonriendo un poco–. ¿Por qué no? Gracias.

Se instaló en el asiento de cuero, intentando, sin éxito, que no se le viesen demasiado las piernas. Él esperó a que se hubiese abrochado el cinturón de seguridad y arrancó de nuevo.

–¿Dónde has estado? –le preguntó.

–Investigando. En mí guía ponía que St Jean Gardet era un lugar especialmente bonito.

–¿Y estás de acuerdo?

Zara se encogió de hombros.

–Bueno, es muy bonito... aunque la mujer de la tienda no ha sido muy simpática conmigo.

–La gente de aquí tiene una actitud muy protectora, eso es todo. Vienen muchos turistas, periodistas en busca de noticias y ladrones también.

–No había pensado en eso –comentó ella, arriesgándose a mirarlo.

Suponía que, cuando uno era tan rico como él, tenía que ser cauto con cada persona nueva que conociese. Se sintió culpable al recordar cómo se había comportado en la fiesta. Tal vez Nikolai tuviese razón al no confiar en ella.

–Por otra parte, es un lugar muy tranquilo. No he visto a nadie más por la calle.

–¿Qué esperabas? Son las cuatro y media de la tarde, cuando más aprieta el calor –le dijo él, mirándola de reojo–. Cualquiera con un poco de sentido común estaría en casa, al fresco.

–¿Echando la siesta? –preguntó ella, queriendo demostrarle que sabía algo del tipo de vida que se llevaba en el sur de Europa.

–Tal vez –le dijo él, haciendo una mueca–. Aunque a mí se me ocurren cosas mejores que hacer por la tarde, ¿a ti no, Zara?

Ella mantuvo la vista al frente.

–Pero tú también has salido –le contestó.

–Tal vez porque nadie me haya ofrecido ningún entretenimiento, *milaya moya*. No he tenido nada que me haya tentado a quedarme en casa.

Zara sintió todavía más calor en las mejillas. Sabía muy bien lo que Nikolai quería decir. Estaba intentando avergonzarla, eso era evidente, pero ella no le iba a dar el placer de conseguirlo.

–Eso no es posible, Nikolai. Alguien como tú debe de tener propuestas atractivas todo el tiempo.

–Sí, es cierto, pero... –dijo él, haciendo una pausa– cuando a alguien le ofrecen algo en bandeja, en ocasiones eso hace que disminuya su apetito.

–Pues de la comida lo has tomado casi todo –comentó ella en tono inocente.

Él se echó a reír y pensó que Zara era más inteligente de lo que él había pensado. Aunque ése no fuese el motivo por el que tanto la deseaba.

–Es verdad –admitió–. Tal vez me haya resultado una comida irresistible porque me la has servido tú.

–O tal vez, porque tienes un cocinero excepcional.

Él se dio cuenta de que aquellos comentarios lo estaban excitando casi tanto como las pálidas rodillas de Zara.

–Tal vez.

–¿Y adónde has ido? –le preguntó ella con curiosidad.

Nikolai apretó los labios. Había ido a comprar vino a un pueblo cercano y, al verla a la vuelta, su conciencia le había dicho que la dejase en paz. Que había trabajado duro durante la comida y que en ningún momento había intentado coquetear con él. De hecho, le había dado la sensación de que era más inocente de lo que él había pensado en un principio, y de que no estaría bien acostarse con ella.

Pero su cuerpo joven y sus trémulos labios estaban haciendo que se olvidase de todo aquello. Deseaba besarla, y mucho. Y sospechaba que ella quería lo mismo.

–He ido a comprarle vino a un amigo. Y a darle un paseo al coche, a la vez. Pasa demasiado tiempo metido en el garaje.

–Ah.

Zara vio a lo lejos la casa de Nikolai y supo que estaban llegando a su finca. Y, de repente, le dio pena que fuese a terminarse el paseo en coche con él. Tal vez le comunicó de algún modo su decepción, porque Nikolai la miró de reojo y le preguntó:

–¿Quieres ver algo muy bonito?

Zara dudó, pero se dijo que, hasta el momento, todo había ido bien. ¿Cuándo iba a tener otra oportunidad como aquélla de visitar el sur de Francia junto a alguien que lo conocía tan bien?

–Sí, por favor.

Él siguió conduciendo hasta llegar a una zona rocosa que se adentraba en el mar.

–Mira eso –dio en voz baja.

Por un momento, Zara observó en silencio el agua color turquesa, que brillaba bajo el sol de la tarde. Había varias calas pequeñas, de arena fina, con enormes pinos que parecían sombrillas gigantes. Era tan bello que, por un momento, Zara buscó las palabras necesarias para hacerle justicia.

–Es increíble –murmuró–. Tan... tan azul. Y tan inmenso.

–Esta zona es una península natural –le contó Nikolai–. Por eso da la sensación de que estamos rodeados de agua. Tenemos algunas de las mejores playas de la costa Azul, pero sin el turismo masivo de Niza o Cannes, y estamos muy cerca de Italia.

–Hablas como si quisieras venderme una finca.

–Es algo que he hecho –comentó él.

Zara siguió mirando hacia el mar e intentó imaginándose viviendo en un lugar así, pudiendo disfrutar de aquello todas las mañanas nada más levantarse, durante toda su vida.

–Eres muy afortunado –le dijo sin pensarlo.

Eso hizo que Nikolai volviese de golpe a la realidad. Por un momento, se le había olvidado que el pelo rubio de Zara brillaba como el oro y que su cuerpo, caliente por el sol, ansiaba ser acariciado. *Afortunado*. Contuvo una amarga carcajada. Eso era lo que le decía siempre todo el mundo. Era lo que daban por hecho cuando veían sus casas y sus coches. Y él odiaba la palabra. A veces, se preguntaba cómo reaccionarían los demás si les contaba la dura verdad.

¿Era ser afortunado que te abandonasen como a un animal salvaje? ¿Y descubrir que no significas nada para tu madre?

Apretó los labios al recordar cosas en las que no quería pensar, cosas que enturbiaban su mente. Hasta que se dijo a sí mismo que la amargura era una pérdida de tiempo y energía. Al final, le había ido bien, ¿o no? Aunque el precio a pagar fuese no poder volver a confiar en nadie jamás. No podía cambiar el pasado, era imposible, pero podía disfrutar del presente. Porque uno debía buscar su propia suerte en la vida...

–En estos momentos, me siento el hombre más afortunado del mundo –dijo en voz baja.

Zara no pudo evitar girar la cabeza para mirarlo, aunque supiese que no era más que una frase que debía de decirles a todas. Aunque supuso que iba a besarla y que ella no iba a hacer nada para impedirlo. Porque ¿quién se habría resistido al mar y al sol, a la brisa y a los sensuales labios de Nikolai? ¿Acaso no era aquél uno de esos momentos que uno recuerda siempre, ocurra lo que ocurra después?

–Yo también –admitió.

Él sintió que una ola de deseo lo invadía mientras la tomaba entre sus brazos y recordaba que ella sabía todavía mejor de lo que parecía. Le acarició los labios con el dedo pulgar y cuando vio que temblaban, inclinó la cabeza y la besó.

Fue un beso apasionado, que duró hasta que ambos se quedaron sin aliento y Nikolai se apartó, intentando recuperar la respiración y el control de sí mismo.

–Llevo todo el día deseando besarte –le confesó a Zara con voz entrecortada.

–¿De...de verdad?

–Ya lo sabías. ¿Quieres que te demuestre lo mucho que te deseo?

–No –le dijo ella, humedeciéndose los labios con la lengua–. No... debemos.

Él rió.

–Eres una mentirosilla. Lo deseas tanto como yo.

Le puso una mano en el pecho y Zara oyó un gemido de placer cuando le metió la mano por debajo del vestido para acariciarla. Sorprendida, se dio cuenta de que había sido ella. Había gemido suavemente. Y dio un grito ahogado cuando Nikolai le frotó el pezón a través del sujetador.

–Nikolai... –le dijo, haciendo un esfuerzo para seguir hablando.

–*Da*. Se está convirtiendo en una costumbre que nos entendamos tan bien en un coche –respondió él, apartándole un mechón de pelo de la cara–. Deja que te vea.

–Yo tampoco puedo verte a ti –susurró ella, alargando la mano para quitarle las gafas de sol y dejándolas encima del salpicadero.

Por un momento, Zara lo miró a los ojos, que el deseo hacía que estuviesen de un azul más oscuro, pero que no delataban ni uno de sus sentimientos.

–¿Así mejor? –le preguntó él.

–Mucho mejor.

–Veo que eres fácil de complacer. Créeme si te digo que va a ser todavía mejor, *milaya moya*.

Inclinó la cabeza y volvió a besarla. Zara lo abrazó por el cuello como una sensual cobra y Nikolai notó cómo le metía la lengua dentro de la boca. No era la primera vez que una mujer le hacía aquello, pero jamás lo había excitado tanto.

La oyó gemir de nuevo cuando le puso la mano en la rodilla y sonrió. Le acarició los muslos y ella los separó al instante, para que fuera recorriéndolos a círculos con los dedos, hasta que Zara sintió que estaba aturdida de tanto placer y se aferró a él por miedo a salir flotando. Nikolai pensó que estaba preparada. Llevó la mano a su sexo húmedo y la oyó dar un grito ahogado antes de apartarse.

–¡Nikolai!

Él la miró confundido.

–¿Qué ocurre?

–Que tenemos... que parar.

–Pero si no quieres que pare.

Zara negó con la cabeza. Por supuesto que no quería que parase o, al menos, su cuerpo no quería que parase, pero tampoco quería que le hiciese el amor a plena luz del día.

–Mira dónde estamos –susurró–. ¡Mira! Cualquiera podría vernos.

–Pero yo soy muy hábil, *angel moy* –le respondió él en voz baja–. Y muy discreto. Podría causarte un orgasmo sin que nadie se diese cuenta, a no ser que pasase alguien justo cuando estuvieses arqueando la espalda y gritando mi nombre.

Zara se deshizo sólo de imaginarse aquello y el deseo la golpeó con una fuerza inusitada.

–Eres... insoportable –balbució.

–Creo que ya hemos hablado de esto antes, ¿no?

Nikolai se fijó en que Zara tenía la respiración agitada.

–Deja de darle vueltas –añadió, acercándose para susurrarle–: Vamos a hacer el amor.

Y fueron aquellas palabras las que hicieron volver a Zara a la realidad. ¿Hacer el amor? ¿De qué estaba hablando? ¿Qué tendría aquello que ver con hacer el amor? Si le hubiese dicho vamos a tener sexo, al menos, habría sido sincero.

Se reprendió a sí misma por haberse dejado llevar, en especial, después de haberse propuesto lo contrario. Y aunque Nikolai tuviese parte de la culpa, ella no estaba del todo exenta. ¿Qué ocurriría si cedía? ¿Podría servirlo a él y a sus invitados después de haberle permitido...?

Incómoda, intentó alejarse todavía más de él.

–No –le contestó, estirándose del vestido para taparse las rodillas–. Además, se supone que tengo que servir los cócteles a las siete, y antes tengo que darme una ducha y cambiarme de ropa.

Nikolai se dio cuenta de que hablaba en serio. La vio levantar la barbilla de manera desafiante. ¡Lo estaba rechazando?

–¿No hablarás en serio?

–Por supuesto que sí.

Siguió observándola, pero Zara se cruzó de brazos. Divertido y más que frustrado, arrancó el coche. Pisó el acelerador de vuelta a la casa, y el ruido del motor impidió que pudiesen tener una conversación. Aunque, en realidad, no tenía mucho que decirle. Tal vez sólo le hubiese preguntado si había hecho un curso intensivo acerca de cómo provocar a los hombres. Cuando detuvo el coche en la puerta de la casa, se despidió con un breve adiós y luego fue a aparcar al garaje.

Después, se dijo a sí mismo que Zara debía de estar jugando otra vez con él. Porque ninguna mujer lo rechazaba. Nadie rechazaba a Nikolai Komarov y, mucho menos, más de una vez. Tenía que haber un motivo. Se preguntó si Zara se habría comportado como una mojigata porque deseaba entrar a su dormitorio. Tal vez quisiese jugar a ser su amante. O sacarle un cheque todavía más generoso que el que le había ofrecido.

Por primera vez desde que era adulto tenía el ego herido y, a pesar de no gustarle la sensación, tampoco le dio más importancia. Lo único que sabía era que hacía mucho tiempo que no deseaba tanto a una mujer y que, inexplicablemente, aquella camarera estaba alimentando ese anhelo con su comportamiento. Aquello ya no era una cuestión de deseo, sino de orgullo. ¿De verdad pensaba que podría seguir resistiéndose a él?

Tal vez otro hombre se hubiese retirado y hubiese buscado otra amante más adecuada a su vida y a sus necesidades, pero Nikolai nunca se rendía cuando quería algo, y quería a Zara Evans.

Tenía que hacerla suya.

Capítulo 6

SI ZARA hubiese estado en Londres, tal vez hubiese podido pedirle a otra camarera que le hiciese el turno de esa noche. Cualquier cosa antes que tener que ver a Nikolai de nuevo. Pero no estaba en Londres, estaba atrapada en la lujosa casa que el multimillonario tenía en el sur de Francia. Así que tuvo que darse una ducha rápida para quitarse el sudor y el recuerdo de lo que había estado a punto de ocurrir en su coche, y salir a la terraza con una bandeja de cócteles Cosmopolitan y una sonrisa falsa.

Crystal se había cambiado y llevaba puesta una especie de túnica cubierta de lentejuelas plateadas. Su pelo rubio recién lavado le caía hasta la cintura. No paraba de reír, dijese lo que dijese Nikolai, mientras que Sergei sudaba ajeno a todo a su lado y miraba con frecuencia el teléfono.

Nikolai miró a Zara a los ojos cuando ésta le ofreció una copa.

–Estás colorada, Zara –comentó en tono meloso.

–Sí.

–¿Has estado tomando el sol?

Ella notó que se ruborizaba al verlo sonreír. ¿Estaba intentando hacer que se sintiese incómoda recordándole su apasionado encuentro? Hizo un esfuerzo por no pensar en él.

–No, señor.

–Me alegro. Debes tener cuidado, hoy hacía mucho calor, ¿verdad?

–¡Nikolai! –exclamó Crystal–. ¿Quieres parar? Sólo intenta hacer su trabajo, estás consiguiendo que la pobre chica se sonroje.

A pesar de dolerle lo de «pobre chica», Zara le agradeció la ayuda a Crystal.

La cena era lo suficientemente elaborada para requerir toda su concentración, dado que el cocinero había decidido presentar un menú de degustación para impresionar a los invitados. Zara intentó mantener la mirada apartada cuando le ofrecía algo a Nikolai, pero él parecía disfrutar haciendo que lo mirase. La hizo temblar con los mensajes eróticos que le mandaba sólo con los ojos. ¿Se inclinaba hacia atrás en la silla para observarla? ¿Para recordarle lo que le había hecho esa tarde y la pasión con la que había respondido ella?

Fue la noche más larga de la vida de Zara, y estaba deseando que terminase, aunque también le daba miedo. ¿Qué ocurriría entonces? ¿Estaba Nikolai decidido a terminar lo que había empezado en el coche? Si iba a su habitación después de que los invitados se hubiesen acostado, ¿qué haría ella? Al fin y al cabo, era su jefe. Y ya habían establecido que podía hacer lo que le diese la gana.

Zara se mordió el labio mientras vaciaba una bandeja en la cocina. No le gustaba nada la dirección en la que iban sus pensamientos. Porque sabía que Nikolai iba a exigirle que respondiese a sus insinuaciones. Aunque no le hacía falta, porque ya debía de saber que se derretía con sólo tocarla. No obstante, ¿qué haría si le decía que quería hablar con ella? ¿Podría rechazarlo?

Pero Nikolai no fue a su habitación. Poco después de la medianoche, le dijo que podía retirarse y se quedó con Sergei y Crystal bebiendo Calvados en la terraza. Y ella se fue a su dormitorio sintiéndose inexplicablemente vacía. Como si hubiese una fiesta y no estuviese invitada. Lo que era cierto.

Se duchó, se puso un camisón de algodón y se metió en la cama con la esperanza de dormirse pronto. Y así fue porque, cuando se despertó, ya era por la mañana.

Abrió las contraventanas y no pudo evitar tener una curiosa sensación de abatimiento y decepción. «Qué tontas podemos llegar a ser las mujeres», se dijo mientras se ponía el uniforme. «Estás enfadada porque no vino anoche. Porque eso demuestra que sólo estaba jugando contigo».

Fue a servir el desayuno y se sintió casi como cuando había ido a St Jean Gardet, porque la cocina estaba vacía. No estaba el cocinero, ni había nada que indicase que se había levantado temprano para cortar fruta fresca o calentar unos cruasanes.

¿Qué podía hacer? ¿Se habría quedado dormido? ¿Debía ir a despertarlo? El problema era que no tenía ni idea de dónde estaba su habitación.

Por un momento, se quedó perdida en sus pensamientos, mirando la mesa de roble que solía estar llena de cuencos, cucharas de madera y otros utensilios, cuando oyó un ruido detrás de ella y suspiró aliviada.

–Gracias a Dios que estás aquí –dijo, girándose hacia él–. Estaba empezando a pensar...

Pero dejó de hablar al ver a Nikolai con una baguette recién hecha en la mano.

Tenía los ojos brillantes y un poco de barba. Y había algo peligroso en él esa mañana. Todavía llevaba puesto el traje negro y la camisa de seda blanca de la noche anterior.

–¿Puede saberse qué estás haciendo aquí? –balbució Zara.

Nikolai la recorrió con la mirada y notó que se le hacía un nudo en la garganta.

–Estoy en mi casa, ¿recuerdas?

–No, quería decir...

Zara miró desesperadamente por encima de su hombro, como si esperase que llegase alguien detrás de él.

–¿Dónde está el cocinero?

–Le he dado el día libre.

Aquello la confundió.

–¿Y el desayuno?

Él levantó la baguete.

–¿Para qué crees que es esto?

Ella agarró un cuchillo con mano temblorosa. «Actúa con normalidad», se dijo a sí misma.

–De acuerdo. Será mejor que empiece a preparar él...

Pero Nikolai la detuvo sujetándole la mano y el cuchillo cayó sobre la encimera.

–No quiero verte con un cuchillo en la mano cuando

yo esté cerca, *angel moy* –susurró él–. A ver si se nos ocurre otra cosa que puedas hacer.

A ella le dio un vuelco el corazón.

–Tus invitados no tardarán en bajar a desayunar.

–No.

–¿No?

Nikolai negó con la cabeza, dejó el pan y se quitó la corbata.

–Se han marchado.

Zara miró la corbata, que estaba encima de la mesa de roble, y le preguntó:

–¿Adónde?

–Después de que tú te acostases anoche nos fuimos al casino de Montecarlo. A Sergei le gusta jugar y Crystal decidió que le apetecía lucir su vestido nuevo. Pasamos casi toda la noche jugando a las cartas y, después, ellos decidieron que estaban demasiado cansados para volver aquí. Así que he venido solo.

–Y le has dado el día libre al cocinero y has comprado pan –comentó ella muy despacio, mirándolo a los ojos–. No lo entiendo.

–¿No?

Nikolai la miró con curiosidad. ¿Era tan inocente como aparentaba a veces? Por un momento, le pareció que en sus ojos verdes no había nada de malicia.

–La verdad es que he pensado en tus susceptibilidades, *angel moy* –añadió, acercándose más a ella–. Pensé que te gustaría que tuviésemos la oportunidad de estar a solas. Que te enseñase la casa sin que nadie nos molestase, para poder hacer el amor en privado y dejar atrás esos encuentros frustrados en los coches.

A Zara se le secó la boca. Al tenerlo más cerca, su barba recién salida le pareció todavía más viril y el brillo de sus ojos estaba derribando sus defensas. Desesperada, intentó aferrarse a su determinación de no ceder ante una situación que sólo iba a reportarle dolor.

«No eres nada para él, sólo una camarera que le ha mentido», se dijo.

–No tengo intención de permitir que me hagas el amor.

Él sonrió con cinismo. ¿Cómo podía haberle dicho aquello Zara, mientras, al mismo tiempo, le rogaba con la mirada que la besase?

–¿De verdad? –le preguntó, tomándola entre sus brazos y acercando los labios a los de ella–. ¿Quieres demostrármelo?

–No debería... –empezó ella, dándose cuenta de que se le acababa de acelerar el corazón.

–¿No?

–Tener que...

–¿Que qué?

Zara cerró los ojos e intentó ser coherente.

–Demostrar nada.

–¿No? Entonces, no protestes. Sólo bésame, *angel moy*. Bésame como es debido y seré un hombre feliz. Tampoco es pedir tanto, ¿no?

Zara intentó persuadirse de que por supuesto que era pedir mucho, y que Nikolai estaba al mando en aquella situación y estaba jugando con ella. No obstante, le estaba resultando imposible convencerse a sí misma. La voz de Nikolai era como una caricia para sus oídos y, acompañada de los movimientos circulares que le estaba haciendo con el dedo pulgar en la espalda, Zara pensó que, aunque le hubiese pedido que saltase por encima de la luna, le habría parecido que no era pedir tanto.

–Nikolai –murmuró.

–¿Umm?

–Yo...

Pero no pudo seguir hablando porque él la besó y permitírselo le pareció la cosa más natural del mundo. El beso se hizo cada vez más profundo. Nunca la habían besado así. Y la sensación fue maravillosa, o todavía mejor.

–Dios mío –susurró cuando pudo hacerlo.

–¿Te ha gustado?

–No, no me ha gustado nada... ¿Tú qué crees?

Él rió y la apretó contra su cuerpo para después susurrarle al oído:

–He estado toda la noche pensando en ti. Creo que nunca había perdido tanto dinero. No podía concentrarme, pensando en tu delicioso cuerpo.

Empezó a desabrocharle la camisa blanca y luego se la abrió.

–Es una pena que no pueda ver nada más. Esto hay que solucionarlo de inmediato, ¿no crees?

Llevó la mano a su espalda y le desabrochó el sujetador con pericia.

–No... es la primera vez que lo haces –balbució ella.

–Ni tú –dijo él con voz temblorosa, bajando la cabeza hasta sus pechos y haciendo que Zara se apoyase en la mesa.

Zara pensó que nunca había hecho algo así. Al

menos, no había hecho nada que se pareciese a aquello. Dejó que Nikolai la tumbase en la mesa y notó cómo la devoraba con los labios y las manos. La voz de su conciencia intentó decirle algo, pero ella no la quiso escuchar.

Nikolai le quitó la blusa y la tiró al suelo. Hizo lo mismo con el sujetador y luego tomó un pezón con la boca. Lo chupó y jugó con él, con los dientes y la lengua. Después le subió la falda y metió los dedos por debajo de sus braguitas y se las bajó hasta que cayeron también al suelo, como una bandera blanca de rendición.

Se quitó la chaqueta y volvió a besarla en los labios.

–Te deseo –le dijo, acariciándole los muslos.

–Y... y yo a ti –farfulló ella, dando un grito ahogado al notar que la acariciaba entre las piernas.

–Sí, eso parece –murmuró él.

–Nikolai...

–Venga –le dijo éste con urgencia, volviendo a acariciarle los pechos con la boca, chupándoselos, mordiéndoselos con suavidad.

Se concentró en ellos hasta que la oyó jadear con impaciencia. Había pensado en recorrer su cuerpo con la boca, pero ella inclinó la cabeza, invitándolo a besarla en los labios.

Nikolai sacó un preservativo del bolsillo de sus pantalones y Zara sintió aprensión al oír que se bajaba la bragueta. Deseó que aquello hubiese sido diferente, que hubiese habido sentimientos entre ambos, menos sexo y más amor, pero ya no podía dar marcha atrás. Le había dicho que lo deseaba y era verdad. No recordaba haber deseando algo tanto en toda su vida.

Intentó no darle más vueltas al tema y lo miró a los ojos. Tal vez no estuviese bien lo que iban a hacer, pero, en esos momento, no tenía esa sensación. Le parecía que era lo mejor que le había pasado en mucho tiempo.

Sin dejarse intimidar por el tamaño de su erección, observó cómo se ponía el preservativo y se aferró a sus hombros para acercarlo a su cuerpo, para que volviese a besarla. Lo oyó reír y le clavó las uñas a través de la camisa.

–Despacio, tigresa –murmuró él, quitándosela de un tirón, haciendo que los botones saltasen por toda la cocina–. Eres una mujer muy impaciente.

A ella le daba igual serlo, por fin tenía su torso desnudo. Bronceado y brillante, se lo acarició. Tenía un cuerpo magnífico.

–Nikolai...

Él se estaba volviendo loco con sus caricias, a pesar de notar que a Zara le temblaban las manos.

–Si sigues haciendo eso, no podré aguantar mucho más –le advirtió mientras ella lo besaba en la mandíbula y le acariciaba un pezón.

–Pues no esperes –le susurró Zara al oído–. Házmelo.

Él suspiró. No podría haber esperado ni un minuto más. Zara ya lo había hecho esperar más que cualquier otra mujer. Le separó las piernas y la penetró de un solo empellón, oyéndole dar un grito de sorpresa cuando se empezó a mover en su interior.

Él se detuvo un momento. No era posible.

–¿No serás virgen?

Ella pensó que sería una locura decirle que se sentía como si lo fuese, que, hasta entonces, no había sabido lo que era el sexo. Cerró los ojos y se concentró en la sensación de tenerlo dentro. Era como si sus cuerpos estuviesen hechos el uno para el otro.

–No.

–Entonces, ¿es demasiado grande para ti? –le preguntó.

–Es perfecta –respondió ella con voz temblorosa–. Perfecta.

Y Nikolai se perdió durante los siguientes minutos. Actúo sólo como le dictaba su instinto y observó a Zara fascinado mientras se movía dentro de ella. La vio acercarse al orgasmo y la agarró con fuerza por el trasero para llegar más adentro, hasta que ella gritó su nombre y él deseó haberle quitado la falda del todo, para poder tener sus deliciosas piernas alrededor de la cintura.

La vio echar la cabeza hacia atrás y gemir, y eso lo excitó todavía más. Notó cómo arqueaba la espalda y se contraía por dentro y supo que había llegado también su momento. El momento de llegar al lugar más dulce del mundo. Nunca había tenido un orgasmo tan intenso. Tan... increíble. Sobre todo, cuando Zara lo abrazó con fuerza y apretó la mejilla contra la de él, como si no quisiera dejarlo marchar.

Nikolai suspiró entrecortadamente y su corazón empezó a calmarse, aunque él se sentía aturdido, como un hombre que hubiese corrido una maratón.

Enterró los labios entre los pechos húmedos de Zara y se quedó dormido.

Capítulo 7

NIKOLAI. ¡Nikolai!

Oyó que susurraban su nombre de manera sensual, pero se resistió a reaccionar.

–Nikolai... ¿quieres despertarte, por favor?

Él tragó saliva para intentar aliviar la sequedad de su boca. Lo que estaba oyendo era la voz de Zara. Zara, su criada. Zara, la mujer a la que acababa de hacerle el amor en la más erótica de las circunstancias. Muy despacio, levantó la cabeza y abrió los ojos para ver delante de él un delicioso pecho desnudo.

–¿Por qué? –balbució, incapaz de resistirse a acariciarlo con los labios–. Tal vez no quiera despertarme.

–Porque...

Zara deseó que no le hiciese aquello con los labios. O que sí se lo hiciese, pero no en ese momento, y no allí. No cuando se sentía tan vulnerable en todos los aspectos.

–¡Porque estamos casi desnudos encima de la mesa de la cocina!

–Pues hace un rato no te parecía tan mal, *angel moy* –murmuró él, trazando un círculo en su pecho con la punta de la lengua.

Zara intentó hacer caso omiso de la ola de deseo que la recorrió e intentó apartarse, pero no le fue fácil, teniendo a un hombre fuerte y musculoso encima, y sin querer moverse en realidad. Era el mejor y el peor lugar en el que podía estar. Entre los brazos de Nikolai, después de haber tenido el sexo más increíble de toda su vida, y sintiéndose como si acabase de ver fugazmente el cielo.

«Sólo ha sido buen sexo», se advirtió a sí misma. «Deja de pensar que podría ser una historia con final feliz».

Miró por encima del hombro de Nikolai y vio varios instrumentos de cocina de metal brillante. Escuchó con atención. El cocinero tenía el día libre, pero ¿qué había del resto del personal? ¿Dónde estaban el ama de llaves o los jardineros? ¿También les había dado el día libre? ¿Y si entraba en la cocina alguno de ellos? Se estremeció sólo de imaginarlo.

No. Por mucho que le tentase la idea de dejar a Nikolai durmiendo encima de ella, no podía arriesgarse a que alguien la viese así, con la falda levantada y las braguitas en el suelo.

Tampoco sabía cómo debía reaccionar con Nikolai después de lo que acababa de ocurrir. Jamás había tenido una experiencia similar. Era la primera vez que se acostaba con su jefe. Era la primera vez que lo hacía en la mesa de una cocina. De hecho, tenía muy poca experiencia con el sexo masculino, aunque dudaba que Nikolai la creyese si se lo decía.

Pero ella no tenía que demostrarle nada. Sólo tenía que salir de aquella situación tan embarazosa.

–No podemos quedarnos aquí –le dijo.

–No, supongo que no –respondió él bostezando. Se sentía bien. Saciado. Al final, la espera había merecido la pena. ¿Qué decían? Que con hambre todo sabía mejor...

–Vamos a tumbarnos junto a la piscina. Podemos beber limonada y dormir a la sombra –le sugirió con ojos brillantes–. O dormir.

Era tentador. Tal vez demasiado tentador. Pero Zara se preguntó si, al hacerlo, no empezaría a desear algo imposible, un mundo al que jamás pertenecería. Así que, desesperada por aferrarse a la realidad, negó con la cabeza.

–No he traído traje de baño.

Él la miró con cautela.

–Seguro que has traído algo.

–No.

–Seguro...

–¿Seguro que qué? –replicó ella, poniéndose a la defensiva–. No tengo costumbre de bañarme en las piscinas de mis clientes.

–Me alegra oírlo –murmuró Nikolai, apoyando la mano en su muslo desnudo–, pero dado que el cliente era yo, ¿no te imaginaste que podría ocurrir algo así?

–¿Que... que íbamos a acabar devorándonos el uno al otro sobre la mesa de la cocina? –preguntó, negando después con la cabeza–. Tal vez te sorprenda, pero no. No se me pasó por la cabeza. ¿Tan seguro estabas tú?

Él se encogió de hombros.

–El lugar podía ser cualquiera, pero el resultado era evidente.

Zara se sintió indignada. Intentó quitarse de debajo de él, pero Nikolai no la dejó. ¡Qué hombre tan arrogante!

–¿Es que siempre seduces a tus camareras? –inquirió ella.

–Nunca –le respondió él sin más, acercando los labios a su boca–. ¿Y tú, siempre permites que tus jefes te seduzcan?

–Nunca –respondió Zara, dándose cuenta de que no podía quejarse por la pregunta, ya que ella había hecho la misma.

La respuesta lo complació más de lo debido y Nikolai le dio un suave beso.

–Entonces, estamos iguales –le dijo.

¿Iguales? ¿Estaba de broma? ¿Cómo iba a considerarse Zara igual que un multimillonario? Negó con la cabeza e intentó concentrarse, pero le era muy difícil porque Nikolai le estaba acariciando el muslo.

–Me siento como si acabase de desdecirme.

–¿A qué te refieres?

–En Londres te dije que, si aceptaba el trabajo, era porque nuestra relación iba a ser sólo profesional.

–Y tal vez lo pensases cuando lo dijiste, pero seguro que en el fondo sabías que estabas luchando contra algo inevitable. Igual que ya debes de saber que no merece la pena seguir resistiéndote, *angel moy*. Cuando dos personas tienen una química como la que hay entre nosotros, es un crimen no dejarla prender –le dijo, acariciándole un pecho y viendo cómo reaccionaba–. De hecho, creo que va a hacerlo otra vez de un momento a otro.

–Nikolai...

–¿Umm?

–¿Qué piensas que estamos... haciendo?

–¿Quieres que te dé otra pista?

–¡Ah!

No había planeado volver a hacerle el amor. No tan pronto. Pero tampoco había planeado sentir aquel repentino deseo y separarle los muslos para volver a penetrarla. Aquello tendría que haber sido sexo salvaje. Salvaje y sucio, pero Zara le acarició la cara y lo besó en los labios de tal manera, que Nikolai sintió algo a lo que no estaba acostumbrado. Ternura.

–Zara –murmuró al notar que llegaba al clímax.

–Aquí estoy –susurró ella, besándolo en la mandíbula mientras lo notaba temblar.

Luego se aferró a él con fuerza, como si fuese a ahogarse, porque así era como se sentía en realidad. Como si estuviese ahogándose en un placer lleno de emociones encontradas. Deseaba estallar de felicidad por cómo la hacía sentirse Nikolai y, al mismo tiempo, no podía evitar recordarse que aquello no era real. Nada era real.

Cuando se terminó, Zara recogió la ropa del suelo y empezó a ponérsela, consciente de que él la estaba observando.

–Ve a darte una ducha –le dijo Nikolai–. Pediré que te traigan algo de ropa para la piscina.

Zara pensó en protestar, pero luego se dijo que sería una hipocresía rechazar aquella oferta. No podía actuar como si se sintiese ofendida, ni podía fingir que no había pasado nada entre ambos. No podía fingir que no quería pasar el resto del día entre sus brazos. Lo deseaba. Y él a ella. Y si no quería estar en la piscina en ropa anterior, tendría que aceptar su ofrecimiento.

–De acuerdo –dijo en voz baja.

Después se fue hacia su habitación con piernas temblorosas. Se dio una ducha, se preparó un café y se sentó a beberlo frente a la ventana, mirando hacia las montañas. Todavía estaba envuelta en una toalla cuando Nikolai entró con un bikini rojo en una mano y un caftán de seda bordada en la otra.

–Lo han traído de una de las tiendas de Villefranche-sur-mer.

–¿Así, sin más?

Él se encogió de hombros.

–No me voy a disculpar por haber encontrado una solución a tu problema.

–¿Están acostumbrados a mandarte bañadores cuando se lo pides?

–Es la primera vez, pero es que casi todas las mujeres vienen mejor preparadas de lo que has venido tú. En cualquier caso, no vamos a dejar que esto nos estropee el día. Venga, ve a ponértelo.

Zara supo que aquél era uno de esos momentos decisivos, Nikolai acababa de demostrarle lo poderoso que era y eso le causó aprensión. Podía darle las gracias, pero decirle que no podía aceptarlo. Que se lo había pensado mejor y que iba a subirse al siguiente avión que volase a Inglaterra. Tal vez él intentase convencerla de que cambiase de opinión, pero seguro que no insistía mucho. Debía de haber muchas mujeres deseando estar con él y aceptar lo que les propusiera.

Aunque también podía ponerse el bikini, lo que implicaría acceder tácitamente a algo más. A ser su amante durante todo el fin de semana. A fingir que eran iguales y que aquello era una relación normal. Lo miró. Debía de haberse dado una ducha también, porque tenía el pelo mojado y se había afeitado. Llevaba puestos unos vaqueros limpios y una camiseta, y estaba tan guapo, que Zara se dio cuenta de lo que quería en realidad.

Habían hecho el amor una vez, no, dos. Podían volver a hacerlo, tantas veces como quisieran, pero sólo si ella admitía que su papel allí había cambiado. Ya no era una camarera. Después de lo ocurrido en la cocina, se había convertido en su amante, pero ¿cuándo duraría aquello? ¿Por qué no aceptar su nuevo papel con aplomo y disfrutar de él? ¿No le vendría bien algo de placer sin complicaciones, después de lo mal que lo había pasado con la enfermedad de su madrina?

Fue a quitarse la toalla, pero pensó que tal vez no fuese sensato pensar que aquello iba a estar exento de complicaciones. No obstante, la mirada de Nikolai hizo que no le importase. Dejó caer la toalla y vio cómo él apretaba los puños mientras observaba cómo se ponía el bikini.

–Te queda perfecto –le dijo con voz ronca.

Ella lo miró.

–¿Cómo sabías mi talla?

–He trabajado en la construcción, *angel moy* –murmuró él–. Es fácil calcular las dimensiones de una mujer que mide un metro setenta y tres.

–Setenta y cinco –lo corrigió Zara muy seria.

–¿Y crees que dos centímetros más cambian algo?

–Eso dicen.

–¿Sí? –respondió Nikolai sonriendo–. Creo que es un tema que debemos debatir en profundidad.

–Siempre estoy abierta a debatir.

–Me alegra oírlo, siempre he pensado que es señal de una mente inquieta.

–Y es mi mente lo que te interesa, ¿verdad?

–En estos momentos, no –admitió él–. Tu cuerpo es lo que más capta mi atención.

–Nikolai... –susurró ella, al notar que le acariciaba los muslos, cerró los ojos.

–¿Qué?

–Acabo de... de... –tragó saliva–. Acabo de ponerme el bikini.

–¿Y? –preguntó él, bajándole la parte inferior–. Yo acabo de decidir que quiero volver a verte desnuda.

Sus palabras retumbaron en la cabeza de Zara. «Quiero», había dicho Nikolai. Y siempre conseguía lo que se proponía. Ella volvió a excitarse con sus caricias, pero cuando Nikolai la llevó hacia la cama tuvo una mala premonición.

Porque él hacía siempre lo que quería. Chasqueaba los dedos y la gente corría para complacerlo. Era el que manejaba el cotarro.

Y en esos momentos, mientras la besaba y empezaba a transportarla al país del placer, Zara sintió que era una más de sus marionetas.

Capítulo 8

ESTÁS muy callada, *angel moy*.

Con la mirada oculta tras las gafas de sol, Zara estudió el poderoso cuerpo de su amante ruso, que brillaba como una estatua de oro bajo el sol mediterráneo. Estaban tumbados al lado de la enorme piscina, donde habían pasado todo el día.

Habían tomado algún refresco que Nikolai había ido a buscar al frigorífico de la caseta de la piscina, que estaba muy bien aprovisionado. Y Zara se había sentido como si sus papeles se hubiesen intercambiado en cierto modo. El aire olía a rosa y a jazmín, habían comido la baguette con mermelada casera de higo, que era lo más delicioso que Zara recordaba haber probado nunca. Tenía que recordarse cada poco tiempo que no estaba soñando, porque todo aquello no se parecía en nada a su vida real.

–¿Umm? –insistió Nikolai, poniéndose de lado en la tumbona para mirarla.

Zara tenía el pelo brillante, color caramelo, se lo había dejado suelto y caía sobre la parte alta del bikini. La mayoría de las mujeres no paraban de hablar en cuanto les hacía el amor. Zara no era así. Salvo decir su nombre, no había dicho mucho más.

Y eso hacía que Nikolai sintiese curiosidad por ella, algo que no solía ocurrirle con sus amantes.

–¿Por qué estás tan callada?

Zara intentó concentrarse en la pregunta, pero le resultó difícil, teniéndolo tan cerca, vestido sólo con un bañador. Estaba muy callada porque todavía estaba aturdida después de todo lo que había pasado, y estaba intentando no pensar adónde iba a ir a parar todo aquello. Además, no tenían ningún tema de conversación en común. No tenían amigos ni conocidos en común. Ni siquiera eran de la misma nacionalidad. En realidad, no tenían absolutamente nada en común, salvo aquel salvaje deseo que los había pillado a ambos por sorpresa.

Se encogió de hombros.

–Bueno, has tenido unas cinco llamadas de teléfono desde que estamos aquí, y luego, hemos estado...

–¿Teniendo un sexo increíble? –comentó él, disfrutando al ver que Zara se ruborizaba.

Ella se llevo la palma de la mano a la mejilla.

–No creo que seas de esos hombres a los que les gusta estar de cháchara –le contestó.

Él sonrió.

–Muy perspicaz. O tal vez seas mucho más lista de lo que pensaba. Tal vez sepas lo importante que es ocultar información.

–Así dicho, parece que estés hablando de una guerra –comentó Zara.

–¿No lo llaman la batalla de los sexos?

–Eso es demasiado complejo para mí, Nikolai. En el fondo, soy un alma sencilla.

Él se incorporó, intrigado, poniendo los pechos y las caderas de Zara en su línea de visión.

–Y además de ser un alma sencilla, ¿qué más eres? ¿Cómo ha terminado una mujer como tú trabajando de camarera?

–Esa pregunta es insultante. No hay nada malo en ser camarera.

–Yo no he dicho que lo haya, pero tengo la sensación de que eres capaz de hacer un trabajo más creativo. ¿No aspiras a algo más que a servir a personas con el paladar hastiado?

Ella sonrió porque sabía que Nikolai se estaba refiriendo a sí mismo. Era un hombre cuyo paladar estaba harto, y tal vez por ese motivo estuviese ella allí. Quizá porque era diferente a las amantes que había tenido con anterioridad.

–Por supuesto que aspiro a más –le contestó–, pero no siempre es tan fácil. Además, el trabajo de camarera es estupendo, flexible y variado.

Él cruzó los brazos por encima de la cabeza y la apoyó en ellos. Frunció el ceño.

–¿Siempre te has dedicado a lo mismo?

–No, no siempre. En otra vida fui estudiante de Agronomía –le dijo Zara.

Nikolai arqueó las cejas.

–Qué elección tan extraña –comentó–. ¿Por algún motivo en particular?

–El habitual. Me enamoré de la tierra –le dijo ella encogiéndose de hombros–. Crecí en la ciudad y no conocía otra cosa, hasta que un día fui a una granja con el colegio. Sólo había vacas, ovejas y una cabra vieja, pero me enganchó. Entonces me di cuenta de la hierba y el barro tenían un cierto atractivo. Estudié mucho y conseguí entrar en la universidad.

–¿Y qué ocurrió para que dejases de hacer algo que te encantaba?

Ella se puso las gafas de sol en la cabeza y lo miró.

–¿Das por hecho que tuvo que pasar algo?

–Los buenos estudiantes no dejan de estudiar a no ser que ocurra algo.

–Tienes razón, cómo no. Mi madrina se puso enferma y tuve que cuidar de ella.

–Eso es admirable.

–No lo hice por eso –replicó Zara–. No se había casado ni tenía hijos y ella también había renunciado a muchas cosas para ocuparse de mí cuando mis padres murieron. La quería, y se lo debía. Pero, después de que muriera... –no terminó la frase porque la tristeza la invadió.

–¿Qué? –le preguntó Nikolai.

Zara cambió de postura en la tumbona.

–Que había pasado tanto tiempo lejos de la universidad, que no supe si podría volver y retomar mi vida. Así que me puse a trabajar de camarera porque era algo que podía hacer sin titulación y así tendría tiempo para pensar en mi futuro. Eso es lo que pasó.

Nikolai tuvo la sensación de que no se lo estaba contando todo. Y se preguntó el motivo.

–¿Y qué harás cuando vuelvas? ¿Tienes ya algún trabajo como éste esperándote?

Aquélla fue la mejor pregunta que podía haberle

hecho, porque le recordó lo lejos que estaban el uno del otro. Pertenecían a dos mundos distintos. Lo único que había ocurrido era que ambos mundos habían colisionado brevemente, pero después de aquel fin de semana, todo volvería a la normalidad.

«Mantén tu dignidad», se dijo Zara. «Que no se compadezca de ti».

Sonrió, como si estuviese considerando su pregunta.

–Todavía no he decidido lo que voy a hacer –le contestó–. Estoy esperando a que me llegue la inspiración.

Él se dio cuenta de que había levantado la barbilla y se sintió culpable. ¿La habría juzgado mal? ¿Se habría precipitado al pensar que quería su dinero? Desde luego, desde que había llegado allí no había actuado como si lo quisiera. De hecho, lo que más había parecido interesarle de la casa habían sido las flores del jardín. Si era una cazafortunas, no era una de las habituales, porque tampoco se vestía como ellas. Y había trabajado muy duro durante la comida y la cena, negándose a mirarlo a los ojos o a coquetear con él. Tal vez se hubiese equivocado con ella.

–Bueno, tal vez yo pueda ayudarte con eso de la inspiración –le dijo, levantándose y tapándole el sol con su cuerpo–. ¿Te has bañado alguna vez desnuda?

Ella negó con la cabeza.

–Nunca.

Nikolai se quitó el bañador y se inclinó sobre ella sonriendo y preguntándose por qué le excitaba tanto la inexperiencia sexual de Zara.

–Bien –murmuró–. Pues prepárate para encontrar la inspiración.

La ayudó a levantarse y le quitó la parte de arriba del bikini mientras ella se deshacía de la de abajo. Luego la levantó y la tiró a la piscina. Zara no se había sentido nunca antes tan ligera, tan libre. Empezó a nadar para alejarse de él. Siempre se le había dado bien la natación.

–Nadas como una sirena –comentó Nikolai desde el bordillo.

Ella se echó a reír.

–Parece que me falta la cola.

Volvió a su lado y Nikolai la agarró por la cintura y le besó la cara mojada.

–Prefiero que tengas piernas –le dijo, bajando la mano hasta su sexo–. ¿Tú no?

–Sin... duda. Ah, Nikolai...

Él la besó con deseo y pasión mientras seguía acariciándola y la llevó al orgasmo tan pronto, que Zara se quedó apoyada sin fuerzas en sus hombros, con los ojos cerrados y la respiración entrecortada.

–Te ha gustado –murmuró Nikolai poco después.

–Umm.

Se apartó de él sólo un poco, lo suficiente para tomar su erección con la mano y acariciársela.

–¿Y a ti te gusta esto?

–Sí, me gusta.

Zara siguió tocándolo hasta hacerlo llegar al clímax.

Se quedaron un rato abrazados dentro del agua y luego Nikolai la sacó y la llevó a una de las tumbonas, donde la envolvió en una enorme y suave toalla.

Vio cómo cerraba los ojos y se dijo que tal vez debía haberle buscado otra fuente de inspiración que no fuese el sexo. Podía haberle dicho que seguro que alguno de sus amigos necesitaba camareras a tiempo completo. ¿La habría ayudado así? Tal vez debiera pensarlo detenidamente.

Como Zara estaba dormida, se alejó e hizo un par de llamadas más. Más tarde, la llevó a cenar, asegurándole antes de que el vestido que había llevado de Inglaterra era adecuado para la ocasión.

–¿De verdad?

–De verdad. Con la piel y el pelo tan brillantes que tienes, podrías ir vestida hasta con un saco de patatas.

–Esa respuesta no me tranquiliza nada, Nikolai –replicó ella muy seria.

Y Nikolai se echó a reír.

Mientras anochecía, condujeron hacia St Jean Gardet, que parecía haber cobrado vida. Zara miró a su alrededor cuando el coche se detuvo en la plaza y pensó que parecía otro pueblo. Las tiendas estaban abiertas y había gente paseando, como si estuviese de vacaciones. Había lucecillas en los árboles y terrazas en la calle.

Bajo las estrellas, cenaron carne con patatas fritas y bebieron vino tinto, y Zara deseó que aquel momento pudiese durar eternamente. «¿Así es como se siente uno cuando empieza a enamorarse?», se preguntó. «¿Como si todo fuese perfecto? ¿Como si uno tuviese todo lo que pudiese desear al alcance de la mano?».

–Este lugar es increíble –dijo, mirando a su alrededor–. Y la misma mujer que fue muy seca conmigo el otro día acaba de decirme *bon appétit*.

–Eso es porque estás conmigo.

Zara contuvo una sonrisa.

–Ya me había dado cuenta.

Nikolai pensó en lo grandes que parecían sus ojos esa noche y en lo mucho que le apetecía besarla en los labios. Zara se había recogido el pelo y se había dejado sólo unos mechones sueltos alrededor de la cara y él se dijo que, a esas alturas, tenía que estar empezando a cansarse de ella. No solía pasar nunca demasiado tiempo seguido con una mujer.

Se echó hacia atrás en la silla y la estudió. ¿Era su falta de sofisticación lo que hacía que se sintiese tan cómodo en su compañía? ¿O era porque desde el principio había sabido que no tenían futuro juntos? «No lo tenéis», se recordó a sí mismo.

Respondió a una llamada y se enteró de que la fusión de Nueva York iba viento en popa, lo que le hizo tomar la decisión de volver al trabajo cuanto antes y acortar el fin de semana. Vio a Zara sonriéndole con timidez y pensó que tal vez fuese mejor así, porque tenía la sensación de que a ella estaba empezando a importarle, y no era eso lo que él había pretendido.

No era virgen. De hecho, era una de las amantes más imaginativas que había tenido. También era inocente y dulce, así que no quería hacerle daño. Aunque siempre hacía daño a las mujeres, aunque no se lo propusiese, porque no podía darles lo que ellas querían.

–¿Te había dicho que mañana tengo que marcharme a Nueva York? –le preguntó de repente–. Lo que significa que me iré a primera hora de la mañana.

A Zara le dio un doloroso vuelco el corazón y dejó de sentirse bien. Aquél era el adiós que había estado esperando, aunque hubiese llegado todavía más pronto y con más brutalidad de lo que ella había imaginado.

–No, no me lo habías dicho –respondió, obligándose a sonreír–, pero se supone que yo también iba a marcharme mañana y, además, supongo que no hago falta para nada, si tus invitados tampoco están ya.

Nikolai se sintió mal.

–Tal vez podamos vernos en Londres alguna vez –sugirió.

Pero Zara sabía que sus caminos jamás volverían a cruzarse, a no ser que ella estuviese trabajando. Así que habría sido una tontería seguirle el juego. O intentar convertir aquella aventura en algo que no era, y destruir los bonitos recuerdos que tenía de ella en el proceso. Pensó que aquel lugar había sido como un oasis después de un año muy duro.

–Tal vez –dijo con educación.

–¿Pido la cuenta?

Ella asintió y tomó su bolso.

–Sí, por favor.

Nikolai la llevó a casa y, una vez allí, a su dormitorio, un lugar lujoso y masculino, donde procedió a hacerle el amor.

Zara sintió placer, pero se dio cuenta de que su propia actitud era distante. Como si quisiese protegerse para no sufrir.

Por la mañana, cuando se despertó, Nikolai ya se estaba vistiendo. Estaba muy serio, perdido en sus pensamientos.

–Estás despierta –le dijo en voz baja.

–Te has dado cuenta –contestó ella sorprendida.

Él se acercó a la cama se fijó en su pelo extendido sobre la almohada y en su pecho, que subía y bajaba con la respiración.

–Me fijo en todo lo que se refiere a ti. Me he dado cuenta de que tu respiración cambiaba y de que te movías. Preferiría quedarme aquí –añadió, inclinándose a darle un beso en los labios–. Vendrá a recogerte un coche para llevarte al aeropuerto. Hasta que llegue, haz como si estuvieses en tu casa. Date un baño. O métete en el jacuzzi. Quiero que disfrutes de las últimas horas que pases aquí. Y que llegues bien a casa, Zara.

Ella se sentó en la cama y la sábana se le bajó hasta la cintura.

–Tú también –respondió.

Nikolai se acercó al escritorio, de donde tomó un sobre blanco.

–Ah, por cierto, aquí está tu cheque.

–¿Mi cheque?

–Tus honorarios –le dijo él, arqueando las cejas–. ¿Recuerdas el motivo por el que viniste aquí? A ganar dinero.

–Por supuesto.

Zara se sintió incómoda por estar hablando de dinero en el dormitorio, agarró la sábana y se tapó con ella hasta la barbilla.

–No te tapes –le pidió Nikolai.

–Me siento desnuda.

–Eso es porque estás desnuda. Tienes un cuerpo demasiado bonito para taparlo –comentó él, mirándola fijamente, como si quisiese grabar la imagen en su memoria–. Adiós, *angel moy*.

–Adiós, Nikolai.

Luego se quedó esperando hasta que oyó alejarse su coche, salió de la cama y miró por la ventana para verlo desaparecer por la carretera, en dirección al aeropuerto. Tenía el corazón acelerado y un nudo en el estómago cuando se acercó al escritorio, tomó el sobre y lo abrió con dedos temblorosos.

Miró el cheque con incredulidad. La cantidad no era la que habían acordado en Londres, sino más del doble. Una barbaridad, teniendo en cuenta lo que había trabajado.

Zara sintió náuseas. ¿Por qué había hecho Nikolai algo así después de lo que había ocurrido entre ambos? ¿Le estaba pagando por el sexo? ¿De eso se trataba?

Tuvo que sentarse para recuperarse y se dijo a sí misma que no era el momento de venirse abajo. Barajó sus distintas posibilidades y supo que sólo había una que pudiese hacerle sentir cierta satisfacción, aunque a largo plazo resultase una locura. Con manos temblorosas, rompió el cheque en trozos pequeños y metió éstos dentro de uno de los cajones del escritorio antes de cerrarlo de un golpe. La persona que fuese a limpiar no tocaría allí, y Nikolai los encontraría antes o después.

Fue a su habitación, metió la ropa en la maleta sin preocuparse por si estaba arrugada o no. Y luego, con lágrimas en las mejillas, se sentó hecha un ovillo en la cama, mirando hacia las neblinosas montañas provenzales, a esperar al coche que tenía que llevarla al aeropuerto.

Capítulo 9

POR TERCERA vez seguida, el teléfono dejó de dar tono y Nikolai lo miró con incredulidad. ¿Le había colgado... otra vez? Sacudió la cabeza. No. Eso era inconcebible. ¿Cómo podía haberle colgado la sensual camarera, que tenía que estar agradecida con él después de lo que le había dado?

Anduvo por el despacho de su ático de Londres, preguntándose a qué demonios estaba jugando Zara.

Apretó el botón del intercomunicador y le dijo a uno de sus asistentes:

–Esa mujer, Zara Evans. La que te pedí que me encontrases, ¿recuerdas?

–*Da*, Nikolai.

–¿Tenemos su dirección?

–Por supuesto.

–Pues manda a alguien ahora mismo. Quiero saber cuándo está en casa y con quién.

Su ira fue creciendo según iban pasando los minutos y tuvo que esperar hasta después de medianoche antes de enterarse de que Zara había llegado a casa, sola, al parecer, después de haber terminado su turno de trabajo. Nikolai supo que lo más sensato era esperar a la mañana siguiente para decirle lo que tenía que decirle, pero no pudo actuar con sensatez. Estaba impaciente, enfadado y perplejo, y además, no podía dejar de pensar en cómo lo había besado Zara mientras él le hacía el amor.

A las doce y media su limusina se detuvo delante de una pequeña casa de un barrio en decadencia en el que no había estado nunca antes.

El conductor se giró hacia él con el ceño fruncido.

–¿Está seguro de que es aquí, jefe? –le preguntó en ruso.

Por un momento, Nikolai guardó silencio. No era el peor lugar que había visto en su vida, ni mucho menos, y todas las ciudades del mundo tenían barrios en los que vivían las personas menos afortunadas, pero hacía mucho tiempo que no había visto aquella pobreza, y eso le hizo pensar en otra época de su vida que no le gustaba recordar. Se le pusieron los pelos de punta al pensar en aquel edificio de Moscú, donde habían compartido un piso con otras tres familias. En las miradas frías y sospechosas de los vecinas. Y en un muchacho capaz de hacer cualquier cosa por conseguir algo que llevarse a la boca.

Apretó los labios mientras salía del coche y llamaba al timbre. Un par de segundos después, se encendía una luz en el interior. Zara debió de mirar por la mirilla, porque dijo con incredulidad:

–¿Nikolai? ¿Eres tú?

–¿Esperabas a otra persona?

–¿Qué... qué estás haciendo aquí?

–Quiero hablar contigo.

–Pues yo no... –dijo ella, sin abrir la puerta, aunque en realidad no quería que se marchase–. No quiero hablar contigo –terminó–. Y es tarde.

–Sé que es tarde, y si no abres esa maldita puerta, seguiré llamando hasta que se despierten todos tus vecinos.

–No puedes hacer eso –protestó Zara, pero supo que podría, así que abrió la puerta–. Es chantaje.

–*Net* –replicó él–. Es conseguir lo que uno quiere.

–Y tú siempre lo consigues.

«Si tú supieras», pensó Nikolai.

–Siempre –dijo en tono burlón, entrando en la casa y mirando a su alrededor–. Da la sensación de que estás pasando por un mal momento. ¿O esto siempre está así?

Zara se ruborizó.

–He vivido aquí desde que era pequeña –se defendió–. Y tal vez en estos momentos no esté bonita, pero no he tenido la oportunidad de cambiar la decoración últimamente.

–Pero esta calle... –Nikolai se interrumpió al ver la mirada desafiante de Zara.

Ella deseó darle una explicación, por orgullo, aunque se preguntó si un hombre como Nikolai la entendería.

–Cuando yo era niña, era distinto. Entonces, había muchas familias que cuidaban de sus casas. Ahora están casi todas alquiladas. Yo espero poder venderla pronto, y aunque no sea una casa multimillonaria en el sur de Francia, está limpia –le dijo–. Y es mi casa.

–Y supongo que vives sólo de tu sueldo de camarera, que no debe de ser muy alto.

–Exacto.

Nikolai la miró fijamente.

–¿Por qué rompiste el cheque que te dejé?

Ella lo miró también, pero con incredulidad.

–Ya lo sabes.

–Si lo supiese, no te lo estaría preguntando.

–¡Piénsalo! –espetó Zara, dándose la vuelta y entrando en el salón.

Oyó que Nikolai la seguía y tuvo miedo de derrumbarse. De decir o hacer algo de lo que pudiese arrepentirse después, porque lo cierto era que no había podido sacárselo de la cabeza, ni del corazón.

Abrió un armario y sacó una polvorienta botella de un líquido color ámbar. Sirvió un poco en un vaso.

–¿Quieres? –le preguntó a Nikolai.

–Muy tentador, pero creo que paso.

Zara se bebió su vaso de un sorbo y agradeció la energía que éste le dio. No solía beber a esas horas, pero el día había sido muy largo.

–¿Por qué lo rompiste? –insistió Nikolai.

Ella se giró e intentó no sentirse impactada por su presencia. Estaba muy guapo, con un traje oscuro, camisa blanca y la corbata aflojada.

–¡Me pagaste el doble de lo que debías! –lo acusó.

–Es la primera vez que alguien se queja de algo así.

–No seas idiota, sabes muy bien lo que quiero decir.

–No, no lo sé. Pensé que habías hecho muy bien tu trabajo y que merecías cobrar más.

–¿Por los servicios extra proporcionados?

Nikolai se quedó de piedra.

–¿Pensaste que te estaba pagando por el sexo?

–¿Qué otra cosa iba a pensar?

–¿Tú crees que soy de los que pagan por tener sexo?

–¿Podrías dejar a tu ego fuera de esta discusión? No estamos hablando de ti, sino de mí –replicó Zara–. Dime entonces por qué fuiste tan generoso conmigo.

Él guardo silencio unos segundos, luchó contra sus sentimientos, enfadado por que Zara estuviese obligándolo a darle una explicación, a él, que jamás le daba explicaciones a nadie. Pero la vio tan confundida y dolida, que decidió cambiar la costumbre de toda una vida.

–Me di cuenta de que me había equivocado contigo –confesó–. De que no eras la mujer que yo creía.

–¿Y qué clase de mujer pensabas que era?

–Una cazafortunas.

–Vaya, muy halagador.

–A ti te parecerá una etiqueta misógina, pero, créeme, he conocido a muchas lo largo de mi vida –le explicó Nikolai–. Por eso sospecho siempre del sexo contrario, porque casi todas querían algo de mí. Y tal vez quise compensarte con dinero para no sentirme culpable por haberte juzgado mal. De todos modos, siempre doy propinas a mis empleados –añadió–. No tuvo nada que ver con el sexo.

Zara se encogió de hombros.

–Supongo que en parte fue culpa mía. Tenía que haberme limitado a hacer mi trabajo. Así, podría haberme marchado de allí con la conciencia tranquila y nos habríamos evitado este malentendido. No debería haber...

–¿Qué?

–No debería haberte permitido... –se interrumpió–. No debería haberlo hecho. Fue una estupidez.

–No pudiste evitarlo –le dijo Nikolai–. Ni yo, tampoco. La química que había entre nosotros era demasiado fuerte. Tal vez, imposible de parar. ¿O acaso crees que son cosas que pasan siempre entre dos personas?

–No lo sé.

–¿No has tenido muchos amantes?

Ella bajó la vista al suelo. ¿Por qué fingir ser algo que no era?

–No. En realidad, sólo uno antes que tú.

–¿Uno?

–¿Tan raro te parece?

–No es habitual, para una mujer de tu edad. Al menos, no lo es entre las mujeres con las que suelo relacionarme.

Lo que significaba que el sexo era un asunto importante para Zara. Y ése era motivo suficiente para que él se marchase de allí lo más rápidamente posible. No obstante, no pudo evitar sentirse satisfecho y sonreír.

–¿Y fue un buen amante? ¿Tal vez el hombre con el que te habrías casado?

–La verdad es que no fue ninguna de las dos cosas. Éramos compañeros de la facultad y a él le gustaba jugar al rugby y beber cerveza más que complacer a una mujer. Hasta que conoció a la hija de un granjero con dinero. Tardó una temporada en contármelo y, al parecer, se enteró todo el mundo en la facultad antes que yo.

Nikolai se dijo que eso significaba que Zara había conocido lo que era el placer con él. ¿Explicaba eso las lágrimas que había visto en su rostro cuando la había hecho llegar al clímax una y otra vez?

Por primera vez desde que había irrumpido en su casa, la miró de verdad, algo extraño en él, que sólo solía mirar el cuerpo de las mujeres.

Debía de haberla pillado a punto de meterse en la cama, porque tenía la cara limpia y llevaba el pelo recogido en una trenza. Vestía una bata de algodón de flores, y estaba descalza. Era guapa, sí, y tenía un cuerpo delicioso, pero había millones de mujeres más impresionantes que ella. ¿Por qué entonces quería abrazarla cada vez que la veía?

–Zara –le dijo en voz baja.

A ella se le puso la carne de gallina, pero no levantó la vista del suelo.

–No.

–¿No qué?

–Ya lo sabes –dijo ella con una nota de desesperación en la voz.

–Mírame.

Ella negó con la cabeza. Si lo miraba, estaría perdida. Se ahogaría en las profundidades de sus ojos azules y empezaría a desear cosas que jamás podría tener.

–¿Zara?

No pudo resistirse más, levantó la vista y vio que Nikolai estaba sonriendo.

–No me hagas esto –le suplicó.

–No puedo evitarlo, ni tú tampoco.

Abrió los brazos y ella se acercó, deseosa de que le diese pasión y consuelo. Nikolai la besó y empezó a acariciarla.

–He pensado en ti todas las noches –murmuró, acariciándole los pechos–. En hacerte esto. En tocarte así.

Notó que ella temblaba.

–¿Y tú, has pensado en mí, Zara? –le preguntó.

–¡Sí! ¡Sí!

–En ese caso, ven a casa conmigo –le pidió–. Ahora.

A ella le sorprendió su petición y, a pesar de estar excitada y querer hacerlo, negó con la cabeza porque sabía que ir a su casa sería peligroso. Si no tenía cuidado, Nikolai le rompería el corazón. Tenía que seguir siendo independiente si quería sobrevivir. Tenía que hacerlo.

–No puedo –le contestó, casi sin aliento, mientras él le metía la mano por debajo del camisón para acariciarle los muslos–. Al menos, no esta noche. Es demasiado tarde. Tengo que levantarme temprano mañana y todas mis cosas están aquí.

–No tienes que hacer nada que no quieras hacer.

–Claro que sí, Nikolai. Yo trabajo para vivir, ¿recuerdas? Y necesito trabajar.

Él deseó decirle que no fuese ridícula, que la compensaría, pero se dio cuenta de que no podía tenerlo todo. No podía quejarse de las mujeres que se aprovechaban de los hombres ricos si no estaba preparado para aplaudir el comportamiento de alguien que hiciese exactamente lo contrario.

–Bueno, si necesitas trabajar, no puedes dejar que los sentimientos te confundan –le dijo con frustración–. Quiero que aceptes el dinero que te debo por tu trabajo en mi casa de Francia, y después no volveré a hablarte del tema. ¿Entendido?

Ella asintió y levantó la cara para que Nikolai pudiese besarla en el cuello.

–Sí.

–Y mañana harás una maleta y te vendrás a pasar la noche a mi casa. ¿De acuerdo?

–De acuerdo.

Nikolai la estaba acariciando entre las piernas y ella deseó más.

–¿Y ahora? –le preguntó.

–¿Ahora?

Él pensó que pasaría una noche más, una semana máximo con ella, antes de dejarla. Era evidente que estaba excitada, que lo deseaba. Nikolai tragó saliva. Podía hacerle el amor allí. Le habría sido muy fácil. En el raído sofá, o contra la pared. Podía imaginársela abrazándolo por la cintura con las piernas mientras él se movía en su interior. Podía llevarla al piso de arriba y hacérselo en su cama, ¿a quién le importaba dónde lo hiciesen, sintiéndose así?

Aunque también podía hacerla esperar. Eso mismo había hecho ella. Le daría una lección, y se la daría a sí mismo. Le demostraría que mandaba él y que tenía que aceptarlo y empezar a encajar en sus planes.

Apartó la mano de su sexo y la oyó gemir, decepcionada.

–Tienes que descansar –le dijo–. Y yo también –añadió, dándose la vuelta para marcharse–. Llama a mi secretaria mañana y ella te enviará un coche a recogerte.

Capítulo 10

SE SUPONÍA que iba a ser sólo una noche. Una noche para deshacerse de aquel encantamiento, eso era todo, pero una noche acabó convirtiéndose en dos, y dos, en tres. Y antes de que Nikolai se diese cuenta de lo que estaba ocurriendo, Zara se había instalado en su casa de Kensington. Era la persona con la que se despertaba cada mañana. La persona a la que deseaba ver al final de un duro día de trabajo. El motivo por el que rechazaba invitaciones a fiestas. Zara había insistido en seguir trabajando de camarera, por mucho que él hubiese insistido en que lo dejase y estuviese sólo a su disposición. No había sido capaz de hacerla cambiar de opinión. ¡Nunca había conocido a una mujer tan testaruda e independiente como Zara Evans!

¿Sería eso parte de su atractivo? ¿Su determinación a no dejar que fuese él quien llevase las riendas de la relación? ¿Pensar que había una mujer que trabajaba tanto como él, aunque a un nivel mucho más modesto? Nikolai se decía que, una vez pasada la novedad, su deseo por ella menguaría y podría volver a vivir con normalidad. Solo.

Aunque parecía haber olvidado lo que era vivir

de forma normal. Allí estaba, afeitándose, preocupado, con la causa de todos sus dilemas en su dormitorio, despeinada y sonriendo con satisfacción.

¿Era Zara consciente de que lo tenía hechizado? ¿Y no habría llegado el momento de romper el hechizo?

–Pareces estar muy lejos –le dijo, volviendo al dormitorio.

Sus palabras interrumpieron los pensamientos de Zara, que levantó la vista y sintió deseo al verlo. Sólo llevaba una toalla alrededor de las caderas y tenía el pelo todavía húmedo. Gotas de agua brillaban en su torso como si de un metal precioso se tratase y Zara pensó que no era posible que estuviese allí, en la cama de Nikolai. Y que éste la estuviese mirando con deseo.

Suspiró. La cama era casi tan grande como su dormitorio entero y su cuerpo estaba caliente, ardiendo de deseo, al recordar todas las cosas que su amante ruso le había hecho esa noche. Y todas las noches anteriores...

–Pues estoy aquí –le respondió, sonriendo con timidez.

Nikolai suspiró, dejó caer la toalla y se dio la vuelta, y Zara suspiró también al observarlo desnudo. Él empezó a excitarse y supo que, si se giraba y volvía a la cama, podría estar dentro de ella en cuestión de segundos. Y quería hacerlo. Quería llamar a su secretaria por teléfono y decirle que cancelase todas sus reuniones para el resto del día para poder quedarse en casa con Zara. Sacó una camisa del armario con brusquedad.

Había esperado que, a esas alturas, la llama se hubiese extinguido. Hacía más de un mes que habían regresado de Francia, y tres semanas que llevaban compartiendo cama en Inglaterra. Él siempre solía racionar su tiempo y las mujeres con las que estaban le agradecían cualquier atención. Un par de noches con ellas, dependiendo de su humor. Otros días, prefería quedarse trabajando hasta tarde y dormir solo. O le gustaba la libertad de ir a jugar a las cartas hasta el amanecer. O irse de viaje a la otra punta del mundo, diciéndole sólo a sus empleados de confianza adónde iba.

Pero con Zara, era como si hubiese tirado todas sus normas por la ventana. No se cansaba de ella y no sabía por qué. Era como si sus dulces besos y su increíble cuerpo se hubiesen convertido en una adicción imposible de saciar.

La noche anterior, se había despertado y se había quedado mirando el techo, con ella acurrucada contra su cuerpo. Nikolai había intentado moverse, pero Zara había protestado en sueños y no había querido despertarla porque sabía que tenía que trabajar temprano al día siguiente. Así que se había quedado en una posición incómoda, hasta que ella misma había decidido apartarse. Eso le había hecho preguntarse si estaba perdiendo la cabeza, además de la independencia.

Se preguntó si Zara sabía que lo tenía atrapado, y si estaba albergando fantasías acerca de su futuro. Su rostro se endureció. Algunas mujeres necesitaban muy poco para dejar volar su imaginación, en especial, cuando estaban con un hombre que no se había casado nunca y al que habían etiquetado de soltero de oro, como a él. Aunque si Zara estuviese haciéndolo, ¿podría recriminárselo? Tal vez hubiese llegado el momento de hacerle ver el tipo de hombre que era en realidad, de advertirle que era una pérdida de tiempo soñar con una relación a largo plazo.

–Esta noche no trabajas, ¿verdad? –le preguntó.

Zara tragó saliva mientras observaba cómo él se ponía unos calzoncillos de seda. A veces, cuando lo miraba así, la sensación era casi más íntima que cuando tenían sexo. Lo cierto era que tenían una relación íntima. El día anterior había estado con Emma y ésta le había dicho que era como si Nikolai y ella viviesen juntos. Zara había protestado, aunque no mucho, la verdad, y Emma le había preguntado algo así como que si se daba cuenta del tipo de hombre con el que estaba. Que no era sensato enamorarse de un hombre conocido por su fobia al compromiso.

Y ella se había encogido de hombros y le había contestado que no se estaba enamorando de él, y que no era tan tonta como para pensar que su relación tenía futuro.

Aunque no fuese del todo cierto. A pesar de que su sentido común le decía una cosa, su corazón ansiaba la contraria... Tenía que reconocer que, una mañana, lo había observado mientras dormía y se había preguntado cómo serían sus hijos con él.

Incluso pudo imaginar el primer cumpleaños de la pequeña Svetlana Komarov, que tendría los ojos azules y el pelo rubio oscuro de su padre.

–No, esta noche no trabajo. Ya sabes que pedí trabajar sólo de día si era posible.

–Bien –le dijo Nikolai, sonriendo con frialdad. Estaba encantado de que tuviese las noches libres para él, pero tal vez hubiese llegado el momento de evitar que el sexo tapase todas las diferencias que había entre ambos y de ser realistas con su relación. De ver que, de hecho, no tenían una relación real.

–Se me había ocurrido que saliésemos a cenar.

–Estupendo –le dijo ella con nerviosismo.

A excepción de la última noche que habían pasado en Francia, iba a ser la primera vez que salían juntos, y Zara no quería decepcionarlo.

–Umm, ¿vamos a ir a algún sitio elegante?

–En realidad, no es nada elegante.

Aunque su idea de nada elegante seguramente no tenía nada que ver con la de Zara. Así que, después de dar una comida en el Soho al medio día, Zara fue de tiendas y se compró un vestido verde de seda y un collar de enormes perlas falsas.

Luego fue a casa de Nikolai a prepararse. Siempre se ponía tensa cuando iba a casa de Nikolai, porque no tenía llaves y sabía que el ama de llaves no aprobaba su relación. Debía de acordarse de ella de la noche que había estado trabajando allí. No obstante, se obligó a sonreír de oreja a oreja cuando la otra mujer le abrió la puerta.

–¿Ha llegado ya Nikolai? –le preguntó.

–Todavía no, señorita, pero no creo que tarde.

Zara le dio las gracias, subió al piso de arriba, se duchó y se maquilló. Y cuando Nikolai llegó, ya estaba también vestida. Éste se detuvo a observarla en el marco de la puerta.

El verde le sentaba bien, sobre todo, siendo un vestido que se ajustaba así a sus caderas.

–Estás increíble, *angel moy* –le dijo, quitándose la corbata.

–¿De verdad?

Zara estuvo a punto de decirle que era un vestido barato, pero se contuvo. No quería que Nikolai pensase que le estaba lanzando una indirecta para que le comprase algo más caro.

–Umm. Completamente deliciosa. De hecho, creo que no voy a arriesgarme a darte un beso, por si cambio de idea acerca de salir. Dame diez minutos y estaré listo.

Su coche los llevó a un restaurante en Shoreditch que daba al canal de Regent's Park. El aire estaba pesado y, al bajar, Zara se preguntó si no iría a llover. El local era sencillo, y el menú, también. Pidieron un *risotto* con flores de calabacín y una ensalada.

–No esperaba que me trajeses a un sitio así –admitió Zara, dando un trago a su copa de vino.

–¿Y qué clase de sitio esperabas?

–Ah, no lo sé. Supongo que algo en el centro, con velas por todas partes.

–¿Lo habrías preferido?

Hubo algo en el tono de voz de Nikolai que no gustó a Zara, así que dejó el tenedor y lo miró fijamente.

–No estaremos otra vez con el tema de las cazafortunas, ¿verdad?

–Por supuesto que no, sólo te he hecho una pregunta.

Ella se preguntó si era verdad. Nunca sabía lo que Nikolai estaba pensando y, en ocasiones, tenía la sensación de no conocerlo en absoluto.

–No, no habría preferido un sitio así. Yo trabajo en sitios así. Me gusta éste. Es diferente y me gusta la simplicidad –dijo, acariciando el borde de la copa–. ¿Hay restaurantes así en Rusia?

–Por supuesto. Hay restaurantes como éste en todo el mundo. Sólo en zonas prósperas hay restaurantes de comida sencilla a precio elevado –comentó–. Es una de las muchas ironías de la vida, Zara. Los que han vivido tiempos difíciles intentan recrearlos después de haber conseguido cambiar de vida.

–Nunca lo había visto así –respondió ella, mirándolo a los ojos–. ¿Tú has vivido tiempos difíciles?

–¿Es esto el principio de un interrogatorio? –inquirió Nikolai.

–¿Un interrogatorio? ¡Te has pasado! No puedo negar que me interese tu vida, es normal, dado que estamos pasando mucho tiempo juntos. Tú también querías saber cómo había sido la mía, ¿no?

Él pensó que tal vez la pregunta de Zara fuese otra advertencia de que, en realidad, todas las mujeres eran iguales. En el fondo, todas querían exprimirlo, si no era económica, emocionalmente.

Dio un trago a su copa de vino, consciente de que no había intentado cambiar de tema con la habilidad que lo caracterizaba. ¿Era porque le había hecho la pregunta Zara? No era el tipo de mujer con el que había salido antes. Era pobre, para empezar, pero muy independiente. Además, Nikolai sospechaba que era honrada, y demasiado decente para utilizar cualquier información privada contra él cuando su aventura terminase.

–Sí –admitió–. Crecí en una época y en un lugar en los que el hambre y la pobreza eran muy comunes.

–¿Perdiste a tus padres de niño... en un accidente o algo así?

Él frunció el ceño.

–¿Por qué me preguntas eso?

–Pensé...

Le había parecido ver comprensión en sus ojos cuando le había contado lo de la muerte de sus padres. Y había imaginado que tal vez fuese eso lo que tenían en común, que tal vez estuviesen unidos por la tragedia.

Sacudió la cabeza.

–Nada.

Nikolai volvió a beber y se preguntó por qué había accedido a hablar de aquello. Una parte de él deseaba que sus padres hubiesen muerto en un trágico accidente, lo que le habría permitido recordarlos con devoción y cariño, y no con ira.

Quizás debiera contarle la verdad a Zara, para que se diese cuenta de que jamás podría ser el hombre que ella quería que fuese. Un hombre normal, deseoso de crear una familia propia.

–No conocí a mi padre –respondió en voz baja–, pero eso era bastante habitual en el Moscú de la época. Como también lo era pasar hambre.

No pudo evitar recordar las cuerdas con mugrienta ropa tendida en las fachadas. La cocina y el baño compartido con otras tres familias. La comida, que devoraba por miedo a que se la quitasen del plato. Había tardado mucho tiempo en aprender a comer despacio.

–¿Y tu madre? –le preguntó Zara con cautela.

–Ah. Mi madre –dijo él, apretando los labios y notando que se le encogía el estómago–. Mi madre jamás se acostumbró al hambre. Era extraordinariamente bella. Creo que jamás aceptó las cartas que le había dado el destino. En otra época y en otro lugar, habría podido vivir sólo de su físico. El problema fue que la pobreza y un hijo no son cosas que realcen la belleza. Y ella se dio cuenta de que tenía que aprovechar la oportunidad, antes de que su belleza se marchitase. Así que se vino a Inglaterra.

–¿A Inglaterra? O sea, que creciste en Inglaterra.

Nikolai se dio cuenta de que había abierto la puerta y había invitado a Zara a mirar dentro... sin darse cuenta de lo mucho que le dolía todavía.

–No. Yo me quedé en Moscú con mi tía y su novio, mientras mi madre venía aquí a ganar dinero para que nuestras vidas fuesen más llevaderas.

Hubo una pausa. Una pausa tan llena de emoción, que Zara casi no pudo ni respirar. Vio dolor en los ojos de Nikolai, pero supo que era demasiado tarde para retroceder.

–¿Qué... qué pasó?

Otra pausa, pero en esa ocasión, cuando Nikolai habló, lo hizo con voz monótona, y ella pensó que, más que un hombre, parecía una máquina.

–No pasó nada. Ah, solía mandar una tarjeta por Navidad y siempre se acordaba de mi cumpleaños, pero no volvió a Moscú ni tampoco mandó el dinero que nos había prometido. Y yo me di cuenta de que no podía vivir con mi tía alcohólica y su novio, que era un gandul.

Nikolai rió con amargura y apartó su plato.

–Me marché de Rusia en cuanto gané el dinero suficiente para el billete. Y fui a Estados Unidos, donde había oído que se recompensaba justamente el trabajo duro. Durante dos años, trabajé en la construcción y ahorré todo lo que pude. Después compré una propiedad que valía poco, pero tenía potencial. Cada hora que tenía libre, trabajaba en aquella casa, gané mucho dinero al venderla y compré otra, y luego otra. Un día, descubrí que se me daban bien los negocios, así que comencé a invertir. Cuando empezó a entrar dinero, diversifiqué mi cartera e invertí en el aluminio y las telecomunicaciones. Los beneficios los empleé para reactivar unos grandes almacenes que estaban en declive. Después otros y el resto, como dicen, es historia.

Zara lo miró fijamente. Su evolución era impresionante, pero se había dejado sin contar la parte más importante de la historia.

–¿Y tu madre? ¿Qué pasó con tu madre?

De repente, fue como si bajase la temperatura.

–No volví a verla –dijo él en tono helado.

Aquello sorprendió a Zara.

–¿Nunca? –le preguntó con incredulidad.

–Cuando tuve los medios, la investigué. Me enteré de que se había buscado un amante rico y que vivía con él en Oxfordshire. Al parecer, él era más importante que su hijo –le contó Nikolai–. Y después, me enteré de que había muerto.

–Oh, Nikolai.

Zara intento imaginárselo de niño, pobre y solitario, esperando a que volviese su madre. Esperando a que llegase con dinero y lo sacase de aquella pobreza, y lo abrazase para reconfortarlo. Alargó la mano para ponerla encima de la de él, pero Nikolai no le devolvió la caricia.

–Es horrible.

–Tal vez, pero así fue. En una ocasión salí con una terapeuta que me dijo que el comportamiento de mi madre era la causa del mío con las mujeres. Que explicaba que yo fuese un hombre frío y despiadado

Aun así, aquella mujer se había acostado con él y había intentado convencerlo de que tuviesen un hijo. Y gracias a aquella experiencia él había aprendido una buena lección: no salir nunca más con terapeutas.

–Nikolai...

Él sacudió la cabeza.

–¿Sabes una cosa? Que tenía razón. Soy un hombre frío y despiadado. No puedo amar. No quiero casarme, ni tener hijos. Y tampoco quiero que ninguna mujer, por muy dulce y sexy que sea, piense que me va a hacer cambiar de idea. ¿Entiendes lo que te estoy diciendo, Zara?

Ella pensó que había que ser muy tonta para no entenderlo. Y a pesar de que se sentía decepcionada, se dijo que era mejor tener las cosas claras.

Nikolai le estaba advirtiendo. Le estaba diciendo cuáles eran los límites, que no se enamorase de él, porque no tendría sentido.

–Por supuesto que lo he entendido –le respondió.

–Si vamos a seguir viéndonos, tienes que entender que lo digo de verdad. Que no voy a cambiar.

–Ya, ya sé que lo dices en serio –le dijo ella en voz baja.

–Puedo ofrecerte muchas cosas, Zara, y si quieres continuar como estamos ahora, yo estaría encantado. Eres una amante estupenda, y poco convencional. Pero no me casaré contigo ni te daré hijos. Lo siento –le explicó Nikolai muy serio–. No puedo ofrecerte una seguridad a largo plazo. Si es eso lo que quieres, tendrás que buscarte a otro.

Zara se mordió el labio. Las palabras de Nikolai eran muy duras, pero era evidente que ésa era su intención. Quería asegurarse de que no había malentendidos. Podía ser su amante, pero sólo si estaba dispuesta a hacer el mayor sacrificio que podía hacer una mujer. Despedirse de la posibilidad de tener hijos mientras estuviese con él.

–Estás muy callada.

–Es que has soltado un bombazo.

–¿Y? –le preguntó Nikolai, mirándola a los ojos.

Ella no respondió de inmediato. Nadie podría decirle que no había sido sincero, pero ¿era eso suficiente? ¿Le rompería el corazón al final? ¿No sería más sensato terminar la relación en ese momento?

Pero Zara lo miró a los ojos y supo que no podía hacerlo. Lo que había empezado siendo una atracción física se había transformado en algo que ella ni quería ni había esperado. Y esa noche había visto al hombre que era en realidad. Un hombre que también tenía inseguridades y que había sufrido.

Y, aunque no sabía cómo ni dónde, en algún momento se había enamorado de él.

Además, se dio cuenta de otra cosa. De que, en el fondo, quería que la quisieran, y quería tener hijos algún día. No lo había sabido hasta entonces. Y Nikolai le había dicho que no le daría ninguna de las dos cosas.

Tal vez su amor por él fuese más fuerte que el deseo de casarse y tener hijos, porque sonrió y le contestó:

–El matrimonio y los hijos me dan igual, Nikolai. Soy feliz sólo estando contigo.

Capítulo 11

NO SE te habrá olvidado que vamos a salir a cenar esta noche, *milaya moya*?

Zara se subió la cremallera de la falda del uniforme y se giró hacia Nikolai, consciente de que había estado observándola mientras se vestía, que parecía ser una de sus ocupaciones favoritas. Lo llamaba un striptease al revés, y decía que lo excitaba casi tanto como el tradicional. Aunque a Nikolai le excitaba casi todo...

–No, no se me ha olvidado –le contestó, poniéndose los zapatos–. Has quedado con alguien a quien conociste en Estados Unidos, ¿no?

–Sí. Trabajamos juntos en la construcción –le contó él sonriendo–. Ahora es senador. Ojalá no tuvieses que ir hoy a trabajar. Yo no tengo ninguna reunión hasta más tarde y...

–¿Y?

–Que podríamos pasarnos la mañana en la cama.

–Podemos hacerlo mañana, que es sábado y tengo todo el fin de semana libre, ¿recuerdas?

–Ya sabes que no era eso lo que quería decir, sino que no me gusta que tengas que ir a trabajar.

–Pero tengo que hacerlo.

–No, Zara, yo puedo mantenerte.

Ella sonrió. Por supuesto que podía, pero ella sabía que su relación podía terminarse en cualquier momento y no quería perder su independencia. Porque, si permitía que Nikolai tomase las riendas de su vida, ¿qué pasaría cuando aquello acabase?

–Hemos hablado de este tema muchas veces –le dijo ella–. Y ya sabes lo que opino. Necesito trabajar, no sólo por el dinero, sino por mí. Para poder respetarme a mí misma.

–Eres una cabezota –se burló él.

–¡Lo que pasa es que estás acostumbrado a salirte siempre con la tuya! –replicó ella sonriendo.

–Tal vez –admitió Nikolai, bajando la vista a sus pies y preguntándose cómo le podía resultar sexy hasta con esos horribles zapatos–, pero la cena de esta noche será especial.

–¿Insinúas que no tengo nada adecuado para ponerme?

–Odiaría que te sintieses incómoda. En especial, cuando es algo sencillo de solucionar. ¿Vas a dejar que te compre un vestido bonito para esta noche?

Zara negó con la cabeza. No estaba dispuesta a convertirse en la amante de un hombre rico. Lo único que le había comprado Nikolai era el bikini rojo en Francia.

–No, gracias, le pediré a Emma que me preste una de sus creaciones.

–Ah, sí... tu amiga, la diseñadora. ¿Se ha puesto ya en contacto con mi tienda de Nueva York?

–Sí, te lo dije la otra noche, pero no me estabas escuchando.

–Eso es porque siempre me distraes, *angel moy*.

–Emma me ha pedido que te dé las gracias y te diga que le han dicho que quieren ver más creaciones suyas. Así que supongo que no te importará que haga de modelo para ella esta noche.

Él tardó un momento en responder. Le importaba, pero no por el hecho de que fuese a llevar un vestido de su amiga, sino porque no quisiera que él le comprase nada. Admiraba su independencia, pero pensaba que a esas alturas ya no tenía sentido.

Entendía el mensaje que quería darle, de que no estaba con él por su dinero, pero estaba pasándose de orgullosa. La semana anterior había sido su cumpleaños y había rechazado el collar de perlas que le había ofrecido comprarle para optar por un reloj nuevo, pero tampoco había querido uno de oro con diamantes, había preferido un reloj normal, más práctico.

–No entiendo que seas tan testaruda.

–¿No? Pues piensa un poco, cariño, ¡eres un hombre inteligente! –le contestó ella sonriendo–. ¿No piensas que lo mejor es que mantengamos la balanza de poder equilibrada? A veces es difícil, lo sé, pero yo hago todo lo que puedo.

Él la entendió, pero no pudo evitar que le molestase.

–Como desees –le respondió en tono frío, dándole un beso más breve de lo habitual–. Hasta luego.

La reacción dejó a Zara con mal sabor de boca, y no se le pasó ni siquiera cuando fue al estudio de su amiga y se probó un vestido de seda rojo que le quedaba a la perfección.

–¿Qué tal la vida con tu amante? –le preguntó Emma con curiosidad–. Mamá dice que siempre te marchas en cuanto acabas tu turno y que nunca te quedas a tomar algo. Supongo que estás deseando volver con él, ¿no? Aunque te comprendo, por supuesto. Si yo tuviese a un hombre como Nikolai esperándome en casa, creo que ni saldría de ella.

Zara frunció el ceño mientras pensaba en lo que acababa de decirle su amiga. ¿Había descuidado a sus amigas del trabajo por su obsesión con Nikolai? Tal vez debiese quedarse a tomar algo con ellas a la semana siguiente.

–Es... maravilloso.

–¿De verdad? –le preguntó Zara–. ¿Y por eso te están saliendo arrugas de tanto fruncir el ceño y estás adelgazando?

Zara se miró en el espejo y vio que tenía ojeras y que le sobraba vestido. ¿Estaba adelgazando? Era probable, pero ¿acaso no lo hacían todas las mujeres cuando empezaban una aventura?

No pudo olvidar las palabras de su amiga mientras volvía a la casa de Nikolai en Kesington y empezaba a prepararse para la cena. Era como si, de repente, fuese consciente de las cosas que le faltaban en la vida. Tal vez fuese el momento de enfrentarse a la realidad, de ver las cosas tal y como eran y no como ella quería que fuesen. Aquella relación entre ambos no iba a ninguna parte, ¿o sí?

Porque, a pesar de que Nikolai le había advertido que no quería tener hijos ni casarse, y que no era capaz de amar, ella siempre había tenido la esperanza de que eso cambiase. De que empezase a sentir algo más profundo por ella. Eso era lo que hacían las mujeres: esperar y soñar, por difícil que lo tuviesen.

Intentó apartar aquellos pensamientos de su mente de camino a la cena. El vestido rojo le sentaba como un guante y Zara estaba contenta de habérselo puesto, porque Nikolai había tenido razón: era una gran ocasión.

La sentaron enfrente de su amante en la mesa, y ella se dedicó a observarlo mientras éste hacía reír a la esposa del senador. Se dio cuenta de que era un hombre con mucho encanto, que podía utilizarlo cuando le viniese bien, y esa noche quería hacerlo.

Vio cómo lo escuchaban todos, hombres y mujeres, pero, en especial, las mujeres. Oyó cómo le reían todas sus bromas, mientras que con las personas que tenían al lado mostraban indiferencia. Y ella, por atractiva o graciosa que fuese, no le interesaba a nadie. Era sólo un accesorio de Nikolai, su amante del momento.

Y, de repente, se dio cuenta de la realidad de su existencia al intentar imaginarse lo que iba a ocurrirles como pareja. La intensidad de su relación iría disminuyendo hasta apagarse por completo la llama inicial de la pasión.

Recordó cómo había sido cuando habían hecho el amor en el sur de Francia, que ella se había sentido como una de sus marionetas. ¿Qué había cambiado desde entonces? Absolutamente nada. Lo que estaba viviendo no era real, era como cerrar los ojos a lo que tenía delante de las narices.

Había continuado trabajando como camarera porque había podido adaptar su vida a ese trabajo y no había vuelto a pensar en que, antes de conocer a Nikolai, había decidido hacer otra cosa. Él había puesto sus normas y ella había decidido aceptarlas porque estaba enamorada. ¿Había pensado que ese amor, además de algo de independencia, sería suficiente para suavizar un poco a Nikolai? En el fondo, siempre había tenido la esperanza de que cambiase de idea acerca del matrimonio y los hijos, pero se había equivocado.

De camino a casa, tenía la cabeza llena de preguntas que jamás se había atrevido a hacerle, pero esperó a que estuviesen en el dormitorio. Esperó a que Nikolai le hubiese hecho el amor y estuviese relajado, saciado.

Entonces, se tumbó boca abajo y apoyó la cabeza en su pecho.

–¿Nikolai?

–¿Umm?

–¿Puedo preguntarte algo?

Él la miró, frunció el ceño.

–¿Por qué se me encoge el corazón siempre que oigo esa pregunta?

Zara captó el tono de advertencia en su voz, pero se había pasado horas preparándose para aquello. Necesitaba hacerlo. Le acarició el rostro con cuidado.

–¿Averiguaste cómo había sido la vida de tu madre en Inglaterra? ¿Fuiste alguna vez... a Oxfordshire para intentar averiguar qué había sido de ella?

Nikolai se puso tenso, se le aceleró el corazón.

–¿Por qué me preguntas eso de repente?

–¿Acaso importa?

–Sí, importa porque me vas a estropear una noche perfecta sacando un tema que no es asunto tuyo.

Zara se mordió el labio.

–¿No puedo hacerte una pregunta sin que te pongas así?

–Tu pregunta es como una acusación de negligencia –le dijo él–. ¿Qué crees que tenía que haber hecho? ¿Presentarme en su casa como si nada? ¿Es eso lo que piensas, Zara?

Nikolai parecía enfadado, pero Zara vio que había dolor en sus ojos y supo que tenía que continuar.

–Las cosas no son nunca ni tan negras ni tan blancas como parecen –susurró–. No sabes a qué tuvo que enfrentarse tu madre al venir aquí.

–¿Estás haciendo una defensa de las mujeres en general o de ella en particular? ¿No la conociste y quieres juzgarla?

–¡No pretendo nada de eso! –replicó ella–. Es que, de repente, me he dado cuenta de que no puedo tener una relación con alguien que no se permite a sí mismo sentir nada. Que evita los temas incómodos en vez de enfrentarse a ellos.

–Ya te conté cómo era al principio, Zara.

–Lo sé –admitió ella, suspirando–. Y pensé que podría aceptarlo, pero me equivoqué. No puedo.

Él frunció el ceño.

–¿Pretendes darme un ultimátum o algo así? ¿Amenazas con dejarme para que te compre un anillo de compromiso? Como estrategia, te diré que ya la han utilizado antes, pero nunca funciona.

Hubo un momento de silencio. Zara lo miró fijamente y se dijo que Nikolai no había dejado de pensar en ningún momento que todas las mujeres eran unas cazafortunas.

–Dios mío. Eres todavía más insensible de lo que pensaba. ¿Crees que he decidido libremente compartir mi vida con un hombre que economiza tanto sus sentimientos? ¿Acaso piensas que tu dinero compensa tus deficiencias emocionales? Porque, en ese caso, ¡no tienes ni idea! Y tal vez lo mejor sea que me marche y te deje solo en tu mundo de suspicacias, porque siento que me ahogo en él.

Con el corazón acelerado, se levantó de la cama y se puso unos vaqueros y un jersey.

Nikolai no se movió, se quedó tumbado, observándola.

–¿Adónde crees que vas?

Ella sacó su maleta del armario y metió en ella un puñado de braguitas.

–¡A casa!

–No vas a marcharte a estas horas de la noche.

–Estamos en Londres. ¡Y hay taxis!

–Creo que estás reaccionando de forma exagerada, pero si decides seguir con esta ridícula demostración de histeria, puedes llevarte mi coche –replicó él.

–¡No! –gritó ella, enfadada porque Nikolai no estuviese haciendo nada para detenerla–. ¡No estoy exagerando! ¿Puedes hacer que me lleven el resto de mis cosas mañana por la mañana?

–¡Encantado! –dijo él con los ojos brillantes, desafiándola.

Para su sorpresa, Zara tomó la maleta y le dio la espalda.

Salió de la habitación, bajó las escaleras y, cuando consiguió abrir la puerta de la calle, el conductor de

Nikolai la estaba esperando fuera. Por un momento, Zara pensó en pasar por su lado y decirle que no iba a ir con él, pero luego se dio cuenta de que era muy tarde y decidió subirse al lujoso coche. Miró hacia arriba y vio cómo se apagaba la luz del dormitorio de Nikolai, dejando la casa completamente a oscuras. Aquello la enfadó todavía más. ¡Se había vuelto a dormir! ¡No era un hombre, sino un robot!

Poco a poco, la ira fue dejando paso al arrepentimiento. Se dijo que, tal vez, si hubiese mantenido la boca cerrada, se habrían dormido y, a la mañana siguiente, todo habría vuelto a la normalidad.

O no. Lo único que habría hecho habría sido enterrar el problema todavía más. Había tenido que preguntar a Nikolai, porque él solo no quería buscar respuesta a las preguntas de su pasado y tampoco era capaz de ver lo mucho que eso afectaba a su presente.

El conductor la dejó en su casa, donde Zara se hizo una infusión y se metió en la cama, pero estaba demasiado nerviosa para dormirse. Le parecía que habían pasado siglos desde que había dormido por última vez en su pequeña habitación y se dio cuenta de lo pronto que se había adaptado al lujoso modo de vida de su amante.

En esos momentos, se sentía dolida, pero prolongar la situación habría sido peor a largo plazo. ¿Qué habría pasado si hubiese estado años con él y un día hubiese aparecido y le hubiese anunciado que iba a cambiarla por otra? Porque eso era lo que hacían los hombres ricos, ¿no? Giró la almohada para que estuviese más fresca y se durmió.

A la mañana siguiente, salió al jardín y le entraron ganas de llorar al ver el estado en el que estaba todo. Le dio vergüenza. Llevaba semanas sin trabajar en él.

Oyó que su teléfono móvil sonaba en la cocina y, cuando fue a responder, vio que se trababa de Nikolai. A pesar de que una voz en su interior le dijo que no respondiese, ella no fue capaz de hacerlo. En el fondo, estaba deseando poder solucionar sus problemas con él.

–Hola, Nikolai.

–¿Te has calmado ya?

Zara tragó saliva.

–Si pretendías apaciguarme con esa pregunta, que sepas que no lo has conseguido.

–¡No quiero apaciguarte! –espetó él–. Sólo quiero saber si vas a ser sensata y vas a volver.

¿Sensata?

–¿Y luego, qué?

Nikolai suspiró. «No me lo pongas todavía más difícil», pensó. ¿No se daba cuenta Zara de lo mucho que le había costado llamarla y pedirle que volviese?

–Continuaremos como estábamos, Zara. Lo pasamos bien juntos. Somos una buena influencia el uno para el otro. Y tú lo sabes.

–Ahí te equivocas –susurró ella–. Estamos bien aparentemente, y nos entendemos bien en la cama, pero no es suficiente. Se supone que las relaciones avanzan, Nikolai, no se quedan siempre igual.

–Te dije que no iba a tolerar ningún ultimátum.

–¡No es un ultimátum! Sólo te estoy diciendo que no quiero seguir viviendo tu vida.

–¿De verdad? ¿Y qué vida es ésa?

–Una vida superficial. En la que las cosas se cambian por otras cuando pierden la novedad y el brillo inicial.

–¿Te importaría explicármelo mejor? Porque creo que no estoy entendiendo de qué me estás acusando.

–Piensa en tu amigo Sergei con su novia. ¿Es así como te ves en el futuro? ¿Piensas que cuando dejes de sentirte atraído por mí me cambiarás por otra? ¿Hasta que un día te levantes de la cama, con cincuenta y pico años, al lado de una mujer que podría ser tu hija?

–¿Cómo te atreves a hablarme así?

–Me atrevo porque me he dado cuenta de que somos iguales, Nikolai. No me refiero al dinero, ni a las cosas materiales, sino a que somos dos seres humanos con derecho a tener una vida decente. Tú has decidido que no quieres saber nada más de tu madre, pues es tu decisión, pero esa decisión ha afectado a todo lo demás en tu vida. Jamás podrás confiar en una mujer y yo no voy a seguir andando con pies de plomo respecto a tus sentimientos, sólo porque tuviste suerte y te hiciste rico.

–¿Que tuve suerte? –bramó él–. ¡He trabajado muy duro para llegar adonde estoy!

–Muchos trabajamos duro, cariño, pero no todos conseguimos ser multimillonarios.

Él dijo algo en ruso y colgó el teléfono. Luego, lo tiró encima de la mesa y se acercó a la ventana. ¿Quién se creía que era Zara, para hablarle así? No era más que una camarera a la que él le había dado la oportunidad de su vida. ¿Y qué había hecho ella para agradecérselo? ¡Nada! Se dijo que lo mejor que podía haber hecho era deshacerse de ella.

Esa noche fue a una fiesta a la que no había pensado asistir. Se celebraba en una lujosa casa de seis plantas en Notting Hill e iban a asistir políticos y personas de los medios de comunicación, alguna estrella y el montón de paparazis que estarían esperándolos fuera.

La música era la de moda, el vino magnífico y el éxito reinaba en el ambiente. Una bella actriz francesa se acercó a él, que la observó con desgana. Era bastante guapa y se comportaban como saben hacerlo las actrices, para hacerle sentir como si fuese el único hombre del universo.

Pero él se tomó sólo una copa de champán mientras la escuchaba y luego decidió marcharse. Ella le preguntó si podía llevarla a casa y a Nikolai le pareció grosero decirle que no, a pesar de que tuvieron que pasar por delante de los paparazis para llegar al coche. Rechazó la invitación de la francesa a tomar algo en su casa, le dio las buenas noches y siguió hasta su casa.

Al menos el trabajo siempre había sido su salvación y empezó a dedicar más tiempo a proyectos que ya tenía en marcha.

No obstante, no podía evitar sentir un extraño vacío. Como si alguien le hubiese hecho un hueco por dentro. Y eso no le gustaba. Enfadado, se dijo a sí mismo que no iba a permitir que ninguna mujer le afectase, en especial, una mujer que no había aprendido a mantener la boca cerrada y que no sabía ser agradecida. Se preguntó con amargura si era eso lo que hacían siempre las mujeres importantes. ¿Hacerse tan fundamentales en su vida, que luego sufría mucho cuando se marchaban?

Se pasó dos semanas con dolor de cabeza, haciéndose preguntas a las que no quería contestar. Todas las mañanas, se levantaba con el cuerpo dolorido y maldecía el día en que había conocido a Zara Evans. Maldecía su seductor cuerpo, y la facilidad con la que un hombre podía perderse en sus lugares más secretos.

Hasta que un día se dio cuenta de que, simplemente, no podía continuar así.

Y ése fue el día que tomó el teléfono.

Capítulo 12

EL SOL se reflejó en el chorro de agua que salía de la regadera que Zara tenía en la mano. Hacía días que no llovía y cuidar del pequeño huerto del jardín le estaba costando mucho más esfuerzo del que había imaginado. Siempre que su trabajo se lo había permitido, había salido mañana y tarde a podar, cortar y juntar los brotes de las matas de tomate para que los frutos creciesen más. El huerto había dejado de parecer una jungla y volvía a reinar cierto orden en él. Se parecía más al lugar en el que su madrina y ella habían recogido fresas y frambuesas. Qué lejanos le parecían aquellos recuerdos de su niñez.

No obstante, daba gracias de tener el jardín. La tierra caliente y las semillas eran una buena distracción para no pensar en Nikolai. A veces, hasta conseguía pasar media hora seguida sin pensar en él. Y era en momentos como aquél cuando deseaba tener un trabajo que exigiese más de ella, toda su atención y no sólo parte, porque era demasiado fácil soñar despierta estando de pie sin hacer nada, esperando a que la gente se terminase el postre.

Aunque el peor momento del día era cuando se iba a la cama, porque allí recordaba cómo la había abrazado Nikolai, cómo le había acariciado el pelo. En las horas silenciosas y vacías de la noche, recordar sus besos y sus caricias era una experiencia agridulce.

A veces, se preguntaba si se había precipitado al alejarse de él, pero el dolor que le causaba echarlo de menos pronto se veía reemplazado por la idea de que el precio de estar con Nikolai era demasiado alto. ¿Cómo podía soportar una mujer que un hombre le dijese que jamás se casaría con ella ni tendrían hijos? ¿Cómo podía soportar que le dijese que su corazón siempre estaría vacío y frío?

El timbre de la puerta interrumpió sus dolorosos pensamientos y dejó la regadera, se limpió las manos en los pantalones vaqueros y fue a ver quién era. Tal vez fuera uno de sus vecinos, o Emma, que le hacía otra visita sorpresa, aunque en realidad lo que quería era hacer que comiese más.

Pero no era Emma, ni uno de sus vecinos. A Zara estuvo a punto de parársele el corazón al ver a Nikolai Komarov en su puerta.

Hasta se le nubló la vista al ver sus ojos azules y su rostro anguloso. Iba vestido de manera informal, con pantalones vaqueros y una camiseta. Zara no había hecho otra cosa que pensar en él desde que se habían separado, pero la realidad de verlo de nuevo la dejó sin habla, aturdida.

–Hola, Zara –la saludó.

–Nikolai –respondió ella, intentando controlar los nervios–. ¡Qué sorpresa!

–¿Sí? –preguntó él con los ojos brillantes–. ¿No pensabas que volverías a verme?

–No sé lo que pensaba.

–¿Puedo pasar?

–Por... por supuesto.

Entró y la siguió hasta el salón. No había estado allí desde la noche en que había ido para averiguar por qué motivo había roto su cheque. Bueno, en realidad eso no era del todo cierto. Había ido allí aquella noche ciego de deseo y decidido a hacerle al amor apasionadamente. Y Zara se había resistido. De un modo u otro, se le había resistido desde el principio. ¿Acaso no era su negativa a plegarse a sus deseos lo que tan irresistible le había resultado, a pesar de que, al mismo tiempo, lo pusiese furioso?

–¿Te gustaría...? –empezó a preguntarle ella, cada vez más nerviosa y excitada–. ¿Tomar algo?

«Sé educada», se dijo a sí misma. «Aunque sólo podáis ser ex amantes, al menos, compórtate de manera civilizada».

Él arqueó las cejas.

–¿Tienes otra cosa que no sea ese licor anaranjado?

–Tengo vino blanco en la nevera. Y limonada casera, si lo prefieres. Podemos tomarlo en el jardín.

–¿Por qué no?

Al salir al pequeño jardín, Nikolai se fijó en lo que tenía delante. Había juzgado la casa de Zara por la calidad de las casas vecinas, pero allí había un inesperado oasis. Las verduras y frutas crecían prolíficamente y unos brillantes tomates colgaban pesadamente de las matas. En cierto modo, le recordó a Rusia, donde todo el mundo cultivaba cualquier centímetro libre de tierra para obtener comida. En medio de tanta vegetación había una pequeña mesa de hierro forjado y un par de sillas. Se sentó a una de ellas.

El sonido de los hielos chocando anunció la llegada de Zara y él observó cómo salía al jardín con la bandeja, creando una extraña imagen de vida rural en pleno centro de la ciudad. Por primera vez, se la imaginó estudiando Agronomía, con los pantalones vaqueros llenos de barro y el pelo recogido. En esos momentos, varios mechones le caían sobre las mejillas y Nikolai se dio cuenta de que no llevaba ni una pizca de maquillaje. Por primera vez, se le ocurrió pensar que tal vez el motivo por el que Zara no había aprovechado la oportunidad de ponerse los vestidos de seda y las joyas que él le había ofrecido era que ella no era así. No se trataba sólo de negarse a ser comprada o controlada por un hombre, sino de no permitir que su identidad se perdiese en la de él.

Se inclinó a servir la limonada y Nikolai vio una gota de sudor resbalando por su cuello, hacia los pechos. Deseó lamérsela y decirle que era la primera vez que bebía limonada casera. Sacudió la cabeza despacio mientras aceptaba el vaso que Zara le estaba ofreciendo. Se estaba volviendo loco, ¿o estaba sólo aturdido por el calor del sol y el dolor de la entrepierna?

Zara se sentó frente a él. Aquélla era una situación extraña. Más que extraña. Ella siempre se había contentado con la idea de que Nikolai jamás se habría sentido cómodo si hubiesen continuado viviendo juntos, pero la ironía era que, en esos momentos, parecía hecho para estar sentado en su minúsculo jardín. Tenía las largas piernas estiradas, estaba despeinado y a ella se le estaba rompiendo el corazón al darse cuenta de las ganas que tenía de sentarse en su regazo y darle un beso, pero él no parecía estar de humor para besos y la expresión de cautela de su rostro hacía que Zara se estuviese planteando miles de preguntas.

–¿A qué has venido?

–He venido porque he seguido tu consejo.

–¿Mi consejo? –repitió ella muy despacio.

Nikolai se dio cuenta de que estaba sorprendida, pero más se había sorprendido él. Si alguien le hubiese dicho que iba a reflexionar acerca de las palabras de Zara, jamás lo habría creído. No obstante, lo había hecho.

–Estuve pensando en lo que me dijiste, de que tenía que dejar descansar a mis fantasmas –le dijo–. Y me di cuenta de que tenía que averiguar lo que había ocurrido con mi madre.

Zara lo miró fijamente, pero no encontró en su enigmática mirada ninguna pista de lo que había descubierto.

–¿Y lo hiciste?

–Sí.

En la distancia, Nikolai oyó a una mujer gritando que la cena estaba lista y pensó en las distintas maneras en las que la gente vivía su vida. Pensó en su madre y en lo que había descubierto.

–Al llegar a Inglaterra, empezó trabajando en una fábrica en la que empaquetaban ensalada –empezó a contar muy despacio–. Fue el único trabajo que pudo conseguir. Era un trabajo tedioso, en el que estaba largas horas por un salario muy bajo, aunque fuese más de lo que hubiese podido ganar en Moscú. Al igual que ella, las otras mujeres que trabajaban allí eran inmigrantes y vivían todas en caravanas junto a la fábrica. A veces, iban a la ciudad más cercana los sábados por la noche, y fue en una de esas ocasiones cuando conoció a un hombre.

Nikolai hizo una pausa antes de continuar.

–Era mayor que ella y muy rico, y se quedó cautivado con su belleza. Mi madre le contó su historia y a él le enterneció que quisiera darle una vida mejor al hijo que había dejado en Moscú, así que le dio dinero para que me lo enviase.

Miró a Zara a los ojos y se encogió de hombros, como respuesta a la pregunta que ella no le había hecho.

–Sí, a esas alturas ya se habían acostado aunque, al parecer, fue un flechazo. Cuando el hombre vio dónde vivía mi madre, anunció que iba a comprar una casa para sacarla de allí.

–Entonces, ¿se casó con él?

Nikolai hizo una pausa.

–Eso no era posible, porque él ya estaba casado –le explicó–. Y desde el principio le dijo a mi madre que no tenía intención de abandonar a su esposa e hijos. De hecho, su casa estaba en la ciudad de al lado y casi nunca pasaba la noche entera con mi madre.

Zara lo miró confundida.

–¿Y por qué se quedó tu madre? ¿Y por qué no te envió el dinero?

–Mi madre estaba dividida. Lo amaba y le venía bien el dinero que le daba. Pensó que, con él, podría darme una oportunidad a mí. El problema fue que el dinero jamás me llegó.

Nikolai apretó los puños y le sonaron los nudillos.

–Mi tía y su novio se lo gastaron todo, se lo bebieron. Y, lo que es peor, rompieron las cartas que mi madre me enviaba con él.

–Oh, Nikolai... –dijo Zara, llevándose la mano a la boca–. Eso es horrible. ¿Qué... qué pasó?

Él había sabido que Zara lo miraría con dulzura y compasión y una parte de él había estado deseándolo, mientras que otra quería rechazarlo, quería decirle a Zara que no necesitaba su compasión. Que no necesitaba absolutamente nada de ella.

–Murió, de repente, y cuando buscaron entre sus pertenencias, se enteraron de que había pasado años intentando traerme con ella a Inglaterra.

–¿Pero cómo... te has enterado de todo eso? –le preguntó Zara en un susurro.

–Encontré la pista del hijo de su amante, que, sorprendentemente, fue muy amable conmigo, muy generoso, dadas las circunstancias. Me contó que su padre había amado a mi madre, pero no había podido dejar a su familia. Me acompañó hasta la tumba de mi madre. Y yo...

A Zara se le encogió el corazón al ver que le temblaba la voz y se acercó a él, sin importarle cómo estuviese su relación, para abrazarlo y reconfortarlo.

–Lo siento mucho.

Él se resistió un instante y luego, la abrazó por la cintura y apoyó la cabeza entre sus pechos.

–La juzgué mal –dijo con amargura.

–¿Qué podías hacer? No tenías pruebas de la realidad, sólo sabías la vida que tú habías tenido. Eras sólo un niño en un mundo de adultos. ¿Cómo ibas a imaginar que eras la víctima de la codicia de tu tía? Ahora ya has hecho las paces con ella, Nikolai.

–¿Cómo? –le preguntó él–. ¿Cómo voy a hacer eso?

–Has descubierto la verdad, que tu madre hizo todo lo que pudo por ti. Y la has perdonado, ¿verdad? Y ahora sólo tienes que aprender a perdonarte a ti mismo. Eso es lo que ella habría querido. Tienes que hacerlo, Nikolai. Si no, todos sus esfuerzos habrán sido en vano.

Zara levantó su rostro con las manos y le dio un beso.

–¿No crees que es lo que debes hacer? –le preguntó después.

Él supo que Zara tenía razón. También supo que no habría buscado la verdad si no hubiese sido por ella. Asintió.

–Te lo debo –le dijo en voz baja.

–A mí no me debes nada.

–Claro que sí.

Nikolai no sabía todavía cómo iba a saldar su deuda. Tal vez la mejor manera de recompensar a Zara Evans fuese desaparecer de su vida para siempre. La abrazó con fuerza por la cintura, respiró hondo y aspiró el olor de los tomates frescos en su piel. Eso lo excitó e hizo que anhelase volver a poseerla. ¿Cómo iba a dejarla marchar cuando todavía la deseaba así?

–Te he echado de menos –le dijo con voz ronca.

–En eso estamos de acuerdo. Yo también te he echado de menos.

Él la sentó en su regazo y le puso la mano sobre el pecho.

–¿Cuánto?

–Es... –empezó Zara, cerrando los ojos–... difícil de cuantificar.

–Podríamos intentarlo.

–Sí.

Nikolai la miró.

–¿Crees que podríamos retomar lo nuestro por donde lo dejamos?

Zara se dijo que debía tener cuidado. Que debía protegerse si no quería que le rompiesen el corazón. Porque Nikolai no le estaba ofreciendo nada nuevo, sino más de lo mismo.

–No lo sé, Nikolai –susurró–. No lo sé.

–¿No? Yo creo que sí lo sabes.

Empezó a besarla, rozándole los labios de manera provocadora, hasta que ella respondió. Le metió la mano por debajo de la camiseta y le acarició los pechos y Zara empezó a notar más calor. Se le escapó un pequeño grito y notó cómo su cuerpo cobraba vida bajo las manos de Nikolai. Lo deseaba. Estaba impaciente por tenerlo. Bajó la mano hasta su bragueta y lo acarició a través de los pantalones hasta que lo oyó respirar entrecortadamente.

–Si no nos vamos de aquí enseguida –dijo él–,

podrían multarnos por ultraje contra la moral pública.

–En una ocasión –contestó Zara, humedeciéndose los labios con la lengua–, presumiste de lo discreto que podías llegar a ser.

Él recordó, era cierto. Se lo había dicho en un coche, en Francia, cuando el deseo de poseerla había sido casi insoportable. Todavía lo era, pero ya no quería enseñarle sus juegos, no quería sentir el poder de ser capaz de complacer fácilmente a una mujer. La deseaba de la manera más básica, quería estar dentro de su cuerpo, y aquél no era el lugar.

–Ya no quiero presumir de nada, *angel moy*. He cambiado y soy un hombre humilde.

«Seguro que sí», pensó Zara, sonriendo y recorriendo sus labios con un dedo.

–¿Quieres... que entremos en casa?

–La verdad... –contestó él con la voz entrecortada–... es que había pensado que podías enseñarme tu habitación, ya que estoy aquí.

–Ah, sí.

A Zara le pareció en cierto modo atrevido, hacer subir a Nikolai por las estrechas escaleras hasta la pequeña habitación que había sido suya desde la niñez. La había cambiado desde entonces, por supuesto. Había quitado los juguetes y las estanterías estaban llenas de libros, y en las paredes había fotografías que ella misma había hecho cuando estaba en la universidad, de campos al amanecer, o de playas desiertas. Nadie más que ella se había tumbado en la cama y el hecho de que la primera persona fuese Nikolai le resultó demasiado significativo. O tal vez le estuviera dando más importancia de la que tenía, porque lo quería. Lo quería y él no le había pedido que lo hiciera.

«No lo espantes», se dijo a sí misma, al sentir ganas de decirle lo que sentía por él. Pero por mucho que intentó aplacar sus sentimientos, no pudo evitar emocionarse mientras Nikolai le quitaba las horquillas del pelo. De hecho, estaba tan emocionada, que se quedó inmóvil mientras él la desnudaba.

Después, Nikolai se quitó la ropa y Zara todavía estaba temblando cuando la tumbó en la cama y la cubrió con sus labios y con su cuerpo.

–Zara –susurró.

La besó apasionadamente y le acarició los pechos con urgencia antes de ponerse entre sus piernas y empezar a frotarse contra ella.

–No quiero esperar –le dijo.

–Pues no lo hagas –le contestó Zara, quitándole el preservativo que tenía en la mano para ponérselo con dedos temblorosos.

–Me estás volviendo loco.

–Hazme el amor, Nikolai –susurró ella–. Házmelo ya.

Y él la penetró, llegando lo más hondo posible y haciéndola gemir. Se estaba tan bien, envuelto en su calor. Cada vez mejor. Nikolai notó que perdía el control y se concentró en darle placer a Zara, que gritaba con cada empellón. Él pensó que las paredes debían de ser muy delgadas, así que la besó para acallarla.

Se movió encima de ella, en su interior, haciéndola jadear de placer. Tenía la piel suave y fresca y sus labios sabían a limonada. Los pezones erectos contrastaban con sus pechos, apretados contra el de él. Entonces, cuando Nikolai pensó que no podía aguantar ni un segundo más, notó que Zara arqueaba la espalda y se apretaba contra su cuerpo. Él llegó también al orgasmo, levantó la cabeza y gritó.

Después se quedaron allí tumbados, con las piernas entrelazadas debido a la falta de espacio y Nikolai trazó un círculo alrededor de su ombligo. El tiempo pareció detenerse y Zara sólo oyó la respiración de él y su propio corazón.

–Creo que, en el futuro, van a tener que cambiar algunas cosas –comentó Nikolai con naturalidad.

–¿Sí? –dijo ella, tumbándose de lado.

–Te voy a dar una llave.

–¿Una llave? –repitió Zara confundida.

–De mi casa. Para que no tengas que depender del ama de llaves para entrar.

Nikolai se preguntó si no se daba cuenta Zara de la importancia que tenía aquello. Era la primera vez que le daba la llave de su casa a una mujer. No obstante, no quería decírselo, por si era sólo temporal. Probablemente lo fuese. A finales de año, se habría aburrido de ella, y ella de él.

–Y quiero que estés allí el máximo tiempo posible, Zara.

Ella lo miró fijamente. Seguro que tener la llave de su casa era dar un pequeño paso al frente. ¿Sería el primero de muchos otros? ¿Estaba Nikolai empezando a reconocer que significaba algo para él?

–¿Seguro? –le preguntó en tono neutro.

–Umm. Preferiblemente, en mi cama –murmuró

él, besándola en el cuello–. Naciste para estar en mi cama.

Zara siguió sonriendo. ¿Qué había pensado? ¿Que por haberlo empujado a enfrentarse a la verdad acerca de su pasado, él iba a empezar a sentir emociones, a amar? ¿Que el hecho de que hubiese sido tierno y dulce con ella en el jardín, significaba algo? Los hombres eran tiernos y dulces cuando querían acostarse con una mujer. E intentar controlar sus inseguridades era lo que hacían las mujeres cuando se enamoraban...

–Supongo que debería darte las gracias.

–Bueno, puedes agradecérmelo de otras maneras, *milaya moya* –le respondió él, apartando un mechón de pelo de la tentadora curva de sus labios y mirándola fijamente–. Supongo que no vas a querer dejar tu trabajo.

Ella negó con la cabeza.

–Sabes que no puedo hacerlo, Nikolai.

Los dos necesitaban cosas contradictorias, pero Nikolai supo que no podía hacerle promesas. A no ser que estuviese seguro de que podría cumplirlas...

–En ese caso, tendrás que estar preparada para verme marchar de viaje, porque mi trabajo implica muchos viajes. Si puedes acompañarme, mucho mejor, pero, sino, viajaré solo. Y si vas a venir conmigo a actos sociales, tendrás que olvidarte un poco de tu orgullo.

Zara frunció el ceño.

–¿Qué quieres decir?

–Tendrás que permitir que te compre ropa adecuada. No puedes seguir pidiéndole vestidos prestados a Emma en el último momento.

Nikolai metió la mano entre sus muslos y vio cómo sus ojos se oscurecían.

–¿Lo harás? –añadió.

Zara tragó saliva e intentó controlar la creciente ola de deseo que la invadía, pero estaba perdida. Iba a enterrar sus principios y a aceptar lo que Nikolai quisiese ofrecerle porque lo amaba demasiado para dejarlo. Y porque, en el fondo, seguía teniendo la esperanza de que, con el tiempo, él terminase abriéndole su corazón.

Iba a darle una llave de su casa y, a cambio, ella tendría que permitir que le comprase ropa. Y lo haría, porque lo quería y jamás perdería la esperanza de ver su amor correspondido algún día.

El amor la había debilitado y el deseo había terminado de minarla, permitiendo que se transformase en el objeto de un hombre rico, en su amante.

Capítulo 13

ENTONCES... ¿cuándo vas a volver?

Sonriendo, Nikolai le quitó las manos de su cuello y le estiró el vestido. Había planeado darle un beso de despedida en la puerta de su casa de Kensington, pero no había imaginado que después del beso terminaría haciéndole el amor apasionadamente contra la pared del dormitorio. Pero eso era lo que le ocurría con Zara. Todavía. Hacía que no pudiese pensar con claridad.

–Estaré de vuelta el fin de semana –murmuró–. Con *jet lag* y, probablemente, de muy mal humor. Aunque supongo que mientras esté en Nueva York por fin podré dormir una noche del tirón, sin tu tentador cuerpo a mi lado.

–Yo no hago nada para tentarte, Nikolai.

–Claro que sí. Existes –respondió él riendo–. Y no seas tan tímida, *milaya moya*. Sabes muy bien el efecto que tienes en mí. Ojalá pudieses acompañarme –añadió.

A Zara le dio un vuelco el corazón, pero negó con la cabeza al tiempo que sonreía. Había decidido que necesitaba estar lejos de él de vez en cuando. Necesitaba estar segura de que podía funcionar sin él, que podía acostumbrarse a vivir sola de nuevo, por si lo suyo terminaba de repente.

–Pues no puedo –le contestó–. Tengo que trabajar.

Él apretó los labios, cansado de su independencia. Se suponía que las amantes tenían que estar siempre disponibles.

–Sí. Así que ve a ponerte las medias otra vez y nos veremos el fin de semana. ¿Tengo algo en la agenda?

–Una fiesta en Primrose Hill la misma noche que vuelves.

–Qué rabia.

–No tenemos por qué ir.

–No –admitió él, dándole un beso en los labios–, pero deberíamos hacerlo. Va a asistir la persona del gobierno encargada de promover la energía renovable en Asia, y quiero hablar con él.

–De acuerdo.

Zara se quedó en la puerta, viendo cómo Nikolai se metía en la limusina negra. Él le sonrió, pero Zara se dio cuenta de que ya tenía la mente puesta en otra parte. Trabajaba duro. De hecho, todo lo que hacía, lo hacía al máximo. Jugar, ir de fiesta, hacer el amor, hacer millones.

Cerró la puerta y se dio cuenta de que todas sus preguntas acerca de lo que iba a hacer con su vida ya no tenían ninguna trascendencia. Porque sabía que las había metido a todas en una caja en el momento en que había accedido a vivir con Nikolai. Su futuro seguía siendo tan incierto como siempre, o aún más. Ya no podía retomar sus estudios, porque, si lo hacía, casi no vería a Nikolai. Y él no aceptaría eso. Su trabajo como camarera, lo toleraba sólo siempre y cuando pudiesen pasar las noches juntos.

Últimamente, salían más como una pareja normal. Ella lucía la ropa que Nikolai insistía en comprarle, aunque todavía le gustaba ponerse los vestidos de Emma siempre que tenía ocasión. No obstante, en su armario también había cosas que su amiga no podía prestarle, como botas de piel y sensuales zapatos, lencería de encaje, vestidos para el día, faldas y blusas de seda, así como camisones de satén que nunca le duraban mucho tiempo puestos.

Habría mentido si no hubiese admitido que le gustaba la ropa y que era esencial en su nueva vida. Enseguida se había dado cuenta de que la gente se sentía interesada por su amante ruso y que lo que ella llevase puesto influía en la opinión que tenían de él. A Zara no le gustaba que Nikolai llamase tanto la atención, pero estaba aprendiendo a aguantarlo.

Y si bien en ocasiones se detenía a pensar lo poco que había cambiado entre ambos, no tardaba en apartar aquellas ideas de su mente. En realidad, no podía quejarse. Él le había advertido desde el principio el tipo de hombre que era. No había alimentado sus esperanzas de que algún día cambiase y le abriese su corazón.

Zara se había asegurado de tener mucho trabajo mientras él estaba en Nueva York, para no tener la sensación de que no hacía nada más que esperar a que volviese su amante. Ya había decidido que, con su modesto salario, iba a comprarle algo, para demostrarle lo mucho que lo había echado de menos.

Para que viese lo mucho que le importaba, aunque no se atreviese a decírselo con palabras.

El día antes de que Nikolai regresase, Zara fue a trabajar al centro de la ciudad. Uno de los directivos de la reunión, la miró con curiosidad mientras servía el café.

–¿Es verdad que conoces a Nikolai Komarov? –le preguntó.

A ella estuvo a punto de caérsele la taza, y varias personas se giraron a mirarla.

–Eh, sí, es verdad.

–Vaya. ¿Y cómo fue?

Zara notó que se ruborizaba. ¿Qué podía decir? Sabía que no le pagaban para responder a las preguntas de aquel hombre.

–Es una historia muy larga –añadió, recogiendo una taza vacía de la mesa–. Tengo que ir por más café.

Consiguió terminar su trabajo sin más preguntas y después quedó a tomar algo con Emma. Esperó encontrar a su amiga emocionada, porque iba a tener una reunión con el jefe de ventas de los grandes almacenes de Nikolai en Nueva York, pero lo cierto fue que estaba muy seria.

–No me digas que han cancelado la reunión –le dijo Zara.

–No, no, todavía sigue en pie.

–Entonces, ¿por qué esa cara tan larga?

Emma se comió unos cacahuetes antes de contestar.

–Esto... ¿va todo bien entre Nikolai y tú?

Zara frunció el ceño.

–¿Por qué me preguntas eso?

Emma no respondió inmediatamente.

–Esto es muy difícil, Zara. En especial, porque Nikolai me cae bien y me ha abierto muchas puertas.

–Emma, me estás asustando. ¿Qué pasa?

–Esto.

Su amiga sacó un periódico del bolso y lo dejó encima de la mesa.

–Sé que tú no lees esto, y lo más probable es que sean todo mentiras, pero...

Zara tomó el periódico, abierto por la página de sociedad, y vio una fotografía de Nikolai al lado de una casa increíble, con una mujer al lado que era todavía más increíble.

Zara no había visto su última película de aventuras, pero sabía quién era aquella actriz francesa.

La garganta se le quedó seca y el corazón se le aceleró mientras leía el texto, que decía que habían asistido a una fiesta juntos y que habían disfrutado mucho de la compañía. Decía que Nikolai había llevado a la actriz a casa.

Por supuesto que sí.

También decía que, en esos momentos, la actriz estaba promocionando su última película en...

¡Nueva York!

Zara dejó el periódico encima de la mesa y se dio cuenta de que le temblaban las manos.

–Gracias por enseñármelo –le dijo a su amiga, dando un trago a su copa de vino–. ¿Puedo quedármelo?

–Zara...

–No. No digas nada. Estoy bien, Emma. Sabía que lo nuestro no podía durar.

Consiguió hacerse la valiente hasta que llegó a casa o, más bien, a la casa de Nikolai. Entonces salió al jardín a pensar qué iba a hacer.

Recordó la noche en que había ido allí a trabajar y había visto a Nikolai en la otra punta del jardín. Los dos se habían deseado. Había sido así de simple. Y, a pesar de todo lo ocurrido, el deseo que ella sentía no había menguado lo más mínimo desde entonces.

Pero, ¿y el futuro? ¿Ese futuro en el que había intentado no pensar desde que habían vuelto a estar juntos? ¿De verdad había sido tan tonta como para esperar que pudiesen tener un futuro juntos?

Había dado por hecho...

¿El qué? ¿Que Nikolai iba a serle fiel? ¿Por qué? Jamás le había ofrecido su fidelidad, ni nada más que la atracción física que había entre ambos. Y ella se había conformado con arreglar las cosas por encima, no había tenido la valentía de investigar lo que había debajo de la superficie. Era patética.

Se olvidó de la bienvenida que había querido prepararle, el libro de fotografías de Moscú que le había comprado se quedó en el fondo del armario mientras intentaba limpiarse las lágrimas de la cara. Había planeado ponerse ropa interior sexy y seducirlo al volver de la fiesta, pero sólo de pensarlo le entraban náuseas.

Se estaba comportando como una cazafortunas, como el tipo de mujer al que Nikolai siempre había despreciado.

El tiempo pasó muy despacio hasta que Nikolai llamó y le dijo que estaba en el aeropuerto, y que iba hacia casa. Ella anduvo de un lugar a otro hasta que oyó su coche fuera y la puerta, e intentó recomponerse para saludarlo. No iba a ponerse histérica. Iba a estar tranquila.

Le había dado la tarde libre al ama de llaves, qué ironía, había empezado a comportarse como la señora de la casa justo antes de marcharse. Con el corazón acelerado, fue a esperar a Nikolai a la gran terraza cubierta que había en la parte trasera de la casa. Hacía una maravillosa noche de verano. En una de las mesitas estaba el periódico, abierto por la fotografía de Nikolai y su amante.

–¿Zara?

–¡Aquí estoy!

El corazón se le retorció de dolor al oír sus pisadas. ¿Cómo podía haber aprendido a conocer y amar ese sonido en tan poco tiempo?

Nikolai se detuvo en la puerta y frunció el ceño al verla seria. La última vez que se había marchado de viaje lo había recibido con un abrazo y lo había llenado de besos, pero esa noche, no. Esa noche estaba pálida y tenía ojeras. E iba vestida con unos vaqueros y una camiseta vieja, a pesar de que se suponía que iban a ir a una fiesta.

–Hola, Zara –la saludó.

–Hola, Nikolai.

–¿No me das un beso?

Ella se preguntó si debía dárselo y fingir que no había pasado nada. Aunque luego se dijo que no podía seguir engañándose, lo suyo se había terminado.

–No te has vestido para la fiesta –comentó él al ver que Zara no se movía.

–No.

–¿No quieres ir?

–No. ¿Qué tal en Nueva York?

–Tengo la sensación de que esa pregunta tiene trampa.

–¿Es la culpabilidad lo que te hace tener esa sensación, Nikolai?

–¿Qué culpabilidad? –preguntó él con impaciencia, aflojándose la corbata–. Si se me va a acusar de algo, lo más justo es que sepa de qué.

–¿Qué tal Marie-Claire?

–¿Quién?

Ella tragó saliva. ¿Acaso iba a hacerse el tonto?

–La actriz francesa con la que tienes tan buena relación.

–La actriz francesa con la que tengo tan buena relación –repitió él despacio.

–¡En todos los sentidos!

–No sé de qué me estás hablando.

–¡De esto! –exclamó ella, tomando el periódico–. Aquí lo tienes. ¡Niégalo si te atreves!

Nikolai miró la fotografía y sonrió. A lo largo de los años, se habían publicado muchas fotografías parecidas de él.

–¿Y te crees esa basura? –le preguntó–. ¿Sin molestarte en preguntarme antes?

–¿Quién es? –inquirió Zara.

–¡Pensé que sabías quién era! ¿Para qué voy a molestarme en responder a tus acusaciones si tú ya me has juzgado?

–¡Esa mujer estaba en Nueva York!

–Con unos diez millones de personas más.

–¿No crees que me debes al menos una explicación, Nikolai? –le preguntó ella.

–¿No me debes tú a mí un poco de confianza?

Zara lo miró sorprendida.

–¿De cuándo es la fotografía?

Él suspiró y se acercó al bar a servirse una copa.

–De cuando tú y yo nos habíamos peleado...

–¡Ves!

–Fui a una fiesta y coincidí con ella. Hablamos y me pidió que la llevase a casa.

–Y tú la llevaste.

–Habría sido de mala educación no hacerlo.

–Y ambos sabemos lo caballero que puedes llegar a ser en la parte trasera de un coche, Nikolai.

Él arqueó las cejas.

–¿Por qué no me preguntas directamente si me acosté con ella, Zara?

–¿Lo hiciste?

–¡No, por supuesto que no! No me he acostado con nadie desde que me fijé en ti. Ni he tenido ganas. De hecho, desde que te conocí, ¡es como si las demás no existiesen!

–Me cuesta creerlo –le contestó ella.

–¿Y qué tengo que hacer para convencerte, Zara? He querido ir poco a poco y demostrarte que me importas. He consentido que sigas trabajando. Y hasta me gustan los regalos que me compras cuando me voy de viaje.

–Nikolai...

–No, tú insistes en que seamos iguales. Ante, me

obligabas a mirar en mi interior, a enfrentarme a las cosas. Me hacías sentirme vivo, pero ya no. Ahora, no me das... nada.

–Nikolai...

–Te he dado más de lo que le he dado a cualquier otra mujer y no puedo darte más porque no tengo nada más.

Nikolai se inclinó a recoger su chaqueta y fue hacia la puerta.

–¿Adónde vas? –le gritó.

–¡A la fiesta! A ver si allí me reciben mejor.

Zara oyó el portazo y corrió hacia la puerta, pero sólo llegó a tiempo de ver alejarse el coche.

Y entonces se dio cuenta de lo que había hecho. Lo había acusado de infidelidad sin ninguna prueba. Y supo que había llegado el momento de decirle la verdad, de contarle lo mucho que lo amaba.

Salió a la calle y buscó un taxi. Y le pidió que la llevase a la casa en la que tenía lugar la fiesta.

Una vez allí, toco el timbre y el mayordomo arqueó las cejas al verla.

–¿Tiene invitación, señora? –le preguntó.

–Sí, aquí está –respondió ella, dando las gracias por haberla tomado antes de salir.

Se la dio y entró directamente.

Oyó voces en el primer piso y subió, pero cuando entró en el salón, se hizo el silencio.

Todo el mundo la miró, pero ella sólo tenía ojos para Nikolai. No supo si éste estaba sorprendido, furioso o divertido, o las tres cosas a la vez, pero no le importó. Tenía que decírselo. Aunque fuese demasiado tarde.

Fue derecha hacia él y la mujer rubia con la que estaba.

–Zara, qué sorpresa –dijo éste, con la mirada fija en ella.

–Te quiero, Nikolai Komarov –anunció Zara en voz baja–. Llevo tanto tiempo queriéndote, que ya no sé cómo es no quererte, pero hasta ahora siempre me ha dado miedo demostrártelo.

Él no dijo nada, sólo siguió mirándola.

Zara respiró hondo.

–Me daba miedo que, al empezar a demostrarte lo que sentía, abriese la puerta a algo tan poderoso, que no podría controlar. Y pensaba además que tú no querías un amor así.

Nikolai siguió en silencio, inmóvil. Y Zara vio sorpresa y algo más en sus ojos, tal vez miedo. ¿Miedo en un hombre que no le temía a nada, pero que tampoco amaba?

Zara se dio cuenta de que su peor pesadilla se había hecho realidad. Nikolai no la quería. Ni siquiera le importaba lo suficiente como para decir algo que quitase hierro al momento. La estaba mirando como si estuviese loca.

–Lo siento –susurró ella–. No tenía que haber venido aquí.

Se dio la vuelta y salió del salón, y empezó a oír murmullos a sus espaldas. Temblando, salió a la calle y respiró hondo varias veces, pero siguió sintiéndose débil y mareada, como si se fuese a desmayar.

Siguió andando, con los ojos nublados por las lágrimas y la garganta seca. Y fue entonces cuando oyó pisadas a sus espaldas y a alguien que la llamaba por su nombre.

–¡Zara!

Pero ella lo ignoró y entró en el parque que había al final de la calle. Entonces notó que Nikolai la agarraba del brazo y la hacía girar.

Ella lo golpeó con fuerza en el pecho.

–¡Déjame!

–¡No!

–¡Déjame o gritaré!

–Te dejaré cuando me hayas escuchado, Zara. Por favor.

«Por favor» era una expresión que Nikolai utilizaba tan poco, que Zara dudó.

–¿A qué has venido? ¿A reírte de mí?

–Zara. Zara. Mi dulce Zara...

–¡No! –lo interrumpió ella, furiosa–. ¡No quiero oír tus mentiras!

–Nunca te he mentido. Y lo sabes.

–Déjame –sollozó ella–. No empeores las cosas todavía más.

–Las voy a mejorar.

–Eso es imposible.

Nikolai la agarró por los hombros.

–¿Ni siquiera si te digo que yo también te quiero a ti?

–Nikolai...

–No. Escúchame. Deja que te diga lo que tenía que haberte dicho hace unos minutos. Que no me había dado cuenta de lo que significabas para mí hasta que he estado a punto de perderte. Me he quedado tan sorprendido, cuando me has declarado tu amor delante de toda esa gente.

–Nikolai...

–No –repitió él–. Deja que continúe. Cuando te has marchado, todo el mundo se ha acercado a mí como si algo horrible hubiese ocurrido, y yo me he dado cuenta de que algo horrible iba a ocurrir si no admitía lo que sentía por ti.

Respiró hondo y añadió:

–Te quiero. Hasta hace poco nadie me había enseñado a amar. Hasta que te conocí.

Ella lo miró fijamente y supo que era verdad. Nunca le había mentido y jamás lo haría.

–Te quiero mucho, Zara Evans –susurró él–. Toda una vida no sería suficiente para demostrarte cuánto, y por eso me estaba preguntando... si me harías el honor de casarte conmigo.

Ella se emocionó tanto, que no puedo contestar. Asintió con la cabeza, intentó contener las lágrimas y se dio cuenta de que el dolor que tenía en el pecho era su corazón, que ardía de amor por su querido Nikolai.

Él no necesitó palabras. La abrazó con ternura y la besó en los labios, y ella le dio con sus labios la única respuesta que necesitaba.

Epílogo

NIKOLAI y Zara se casaron en la iglesia rusa de Londres, e hicieron los votos en el idioma que ella había prometido aprender.

–Me gustan los retos –le había dicho a Nikolai, dándole un beso en los labios.

–¿Seguro?

–He accedido a casarme contigo, ¿no?

Él rió.

–Claro que sí.

Para la ceremonia llevó un sencillo vestido de seda satinada, diseñado por Emma, que además había convencido a su madre de que cambiase el uniforme de las camareras de Gourmet International.

Pero ninguna de las amigas de Zara trabajó aquel día en la recepción de su boda en el hotel Granchester. Ella había estado demasiado aturdida para ocuparse de nada, así que sólo había especificado que quería que las flores fuesen silvestres, por eso olía tan bien el salón.

El día pasó sin ningún incidente y todos los invitados se divirtieron mucho. Era la primera fiesta de verdad que daban los dos.

Aunque, para ella, el mejor momento fue el discurso que dio Nikolai, en el que dio las gracias a Emma por haber diseñado el vestido de su esposa y por ser tan buena dama de honor, luego hizo unas bromas acerca de las diferencias entre los hombres rusos y los ingleses y, para terminar, se puso serio y miró a Zara.

–He intentado encontrar las palabras que le hagan justicia a mi flamante esposa, pero no he podido. No hace falta que diga que es bellísima, porque eso ya podéis verlo. Podría deciros que es trabajadora, fuerte e independiente, pero los que la conocéis ya lo sabréis. Podría deciros que me hace reír más que nadie. Que ilumina las habitaciones con su presencia y que, cuando se aleja de mí, me duele el corazón. Podría contaros que me ha enseñado todo lo que es importante en la vida, pero, sobre todo... me ha enseñado a amar. Y la amo. La amo tanto, que os pido que levantéis vuestras copas para brindar por Zara.

–¡Por Zara! –repitieron todos los invitados al unísonos antes de aplaudir.

Y ella buscó un pañuelo en su bolso. No podía creer que Nikolai le hubiese declarado su amor en público.

El rió, le quitó el pañuelo de la mano y le secó las lágrimas.

–¿Estás mejor? –murmuró.

–Mucho mejor.

–¿Puedo preguntarte por qué lloras?

–Porque soy feliz.

–Eso me parecía.

A Zara le pareció ver que los ojos de Nikolai brillaban sospechosamente mientras la abrazaba, pero no le dio importancia. Todo el mundo lloraba en las bodas.